십
번
기

해이수 장편소설

# 십번기

초판 1쇄 발행 2015년 4월 23일
초판 3쇄 발행 2016년 6월 28일

지은이 해이수
펴낸이 주일우
펴낸곳 ㈜문학과지성사
등록번호 제1993-000098호
주소 04034 서울 마포구 잔다리로7길 18(서교동 377-20)
전화 02) 338-7224
팩스 02) 323-4180(편집) / 02) 338-7221(영업)
전자우편 moonji@moonji.com
홈페이지 www.moonji.com

© 해이수, 2015. Printed in Seoul, Korea.

ISBN 978-89-320-2724-1 43810

이 도서의 국립중앙도서관 출판예정도서목록(CIP)은 서지정보유통지원시스템 홈페이지(http://seoji.nl.go.kr)와
국가자료공동목록시스템(http://www.nl.go.kr/kolisnet)에서 이용하실 수 있습니다.
(CIP제어번호: CIP2015011256)

# 십
# 번
# 기

해이수  장편소설

문학과지성사
2015

## 정의로운 것The Just

볼테르가 소망하듯, 자기 텃밭을 일구는 사람,
음악이 있다는 것에 감사하는 사람,
단어의 기원을 찾아보는 데 기쁨을 느끼는 사람,
가난한 남부의 카페에서 조용히 체스를 즐기는 두 노동자,
색깔과 모양을 찬찬히 살펴며 도자기를 굽는 사람,
그리 즐겁지 않아도, 페이지의 글자를 성의껏 채워 넣는 조판공,
서사시의 어느 단락 마지막 삼 행을 읽는 남과 여,
잠든 동물을 부드럽게 어루만지는 사람,
잘못을 저지른 자들을 이해하거나 이해하려는 사람,
스티븐슨의 글을 성의껏 읽는 사람,
다른 이들의 의견이 옳다고 믿고 싶어 하는 사람,
이들이 바로 자기도 모르게 이 세계를 구원하는 사람들이다.

─ 호르헤 루이스 보르헤스Jorge Luis Borges

# 1

무대에는 낮과 밤이 함께 있다. 나풀나풀한 흰옷을 입은 여인이 춤을 추며 무대의 오른쪽으로 날아간다. 허공으로 부드럽게 뻗은 손가락 끝에 희고 둥근 달이 걸린다. 이제 여인은 몸을 돌려 왼쪽으로 걷다가 상체를 숙이고 다리를 뻗어 올린다. 촉수처럼 말려 올라간 발끝에 붉고 둥근 해가 걸린다. 경쾌한 리듬에 맞춰 여인은 우아하게 회전하며 객석으로 다가온다. 봄날의 생기 넘치는 모시나비 같다. 무대 바닥은 격자무늬가 선명하다.

검은 옷의 남자 무용수가 오른쪽의 달 아래에서 뛰어나온다. 그는 공격적인 몸짓으로 여인에게 다가간다. 그녀를 도우려는 듯 흰옷의 여자 무용수 셋이 해 아래에서 등장한다. 연주곡의 템포가 빨라지며 검은 옷을 입은 10여 명이 달 아래에서 새카맣게 쏟아져 나온다. 편대를 이루어 일제히 바닥을 구르다가 치솟는 동작이 물잠자리 떼의 군무를 연상시킨다. 흰옷의 무용수 10여 명도 해 아래에서 모시나비 떼처럼 날아올라 상대와 걸맞은 진용을 갖춘다.

그들은 서로를 밀어붙이고 위협하듯 에워싸다가 결국 현란하게 충돌한다. 무대의 상하좌우를 때로 느리게 때로 빠르게 종횡무진하며 리듬을 탄다. 그 모습은 밀물과 썰물이 합쳐지듯 낮과 밤이 뒤섞이고, 희망과 절망이 서로를 끌어안은 채 고통의 축제를 벌이는 듯하다. 무거움과 가벼움, 불화와 조화, 삶과 죽음, 승리와 패배, 순간과 영원 같은 상반된 정서의 몸짓이 수직과 수평의 마루 위에 펼쳐진다.

꽃잎이 바람에 흩날리듯 무용수가 한 명씩 사라지자 구석에 한 여인이 흰 꽃봉오리처럼 웅크리고 있다. 꽃봉오리는 천천히 피어나듯 머리를 들고 허리를 세우고 팔을 뻗어 애절한 몸짓으로 누군가를 부른다. 웅장한 효과음과 함께 무대 오른편에서 검은 옷의 남자가 힘차게 바닥을 차오르며 뛰어나온다. 둘은 사무치게 그립지만 언뜻 망설이는 몸짓으로 떨어져 춤을 추다가 결국엔 함께 마주 선다.

남녀가 빙글빙글 춤을 추며 지나가는 자리마다 선명하던 무대 바닥의 격자무늬가 서서히 지워진다. 그것은 마치 분할된 선과 면이 녹아내려 선악의 경계가 사라지고, 좌우의 분간이 무너지며, 너와 나의 구분을 넘어서고, 상하의 위계가 무화되는 진경이다. 음악은 잔향을 남기며 느리게 끝이 난다.

춤곡이 멈춤과 동시에 깨끗이 비워진 무대의 중앙에서 남자와 여자는 서로를 끌어안고 쓰러진다. 그러자 사각의 무대 한가운데가 객석을 향해 천천히 일어난다. 바닥이 45도가량 기울자 검은 옷과 흰옷의 남녀는 한 몸이 되어 비탈에서 구르듯 캄캄한 무대 아래로 떨어진다.

그 기이한 엔딩에 객석에서는 큰 탄성이 터져 나온다. 아무것도 없는 치자색 무대는 어느덧 똑바로 일어나 관객을 마주한다. 언뜻 모시나비와 물잠자리의 발자국들이 보이는 듯하다. 그리고 암전(暗轉).

현란한 율동으로 가득했던 무대가 일순간 텅 비고 어둠에 휩싸이자 나는 넋이 빠진 듯 먹먹했다. 눈물 한 줄기가 어느새 뺨을 타고 흘러내렸다. 그들은 한 시간이 넘도록 아무 말도 하지 않으면서 많은 말을 전달했다. 그들의 움직임은 아무 곳에도 이르지 않은 듯하지만 모든 곳에 이르렀다. 공간을 오로지 몸으로 조각하며 부분과 전체의 갈등과 화해를 노래하고 있었다. 이제 눈앞의 어둠은 그대로 관객 각자가 무언가를 들여다보는 무대였다. 나는 혼잣말을 했다.

"연희야, 이게 네가 던진 승부수였구나!"

곧 극장 안이 환해지며 무용수들이 도열했다. 피부색과 머리색이 다양했다. 관객들은 환호하며 갈채를 보냈다. 마지막에 주인공이자 한국인 여자 무용수가 등장하자 앞 좌석부터 사람들이 기립하며 우레와 같은 박수를 쳤다. 나는 메모를 멈추고 팸플릿을 옆구리에 낀 채 자리에서 일어났다.

'경계를 초월한 유려한 승부—뉴욕 댄스 컴퍼니 수석 무용수 최연회 내한 공연.'

관객들이 극장 안을 빠져나가는 동안 나는 수첩을 펼쳤다. 그리고 빠르게 기사의 제목을 뽑았다. 인터뷰 한 꼭지를 따면 주말 문화면 특집 기사는 마무리될 것 같았다. 극장 밖으로 나서자 로비로 내려가는 중앙 계단은 몰려나온 관중들로 붐볐다.

출연자 접견실로 가기 위해 나는 비상구로 향했다. 전에도 자주 이용하던 곳이었다. 철문을 열자 침침한 녹색 불빛과 함께 고여 있던 공기가 밀려들었다. 지하 접견실까지는 대략 5층 높이였다. 계단은 캄캄하고 가파르게, 미로처럼 아래로 끝없이 이어져 있었다. 좁은 계단을 내려가자 1987년의 교실이 떠올랐다. 땀 냄새가 가득하던 중학교 3학년의 교실, 15년 전이었다.

## 2

체육 시간이 끝나고 교실로 돌아오자 남자아이들 몇 명이 체육복을 갈아입지도 않고 복도 쪽 책상으로 몰려갔다. 일주일 전 전학 온 여자애의 자리였다. 앞문과 뒷문에서 망을 보던 아이 둘이 '떴다' 사인을 보냈다.

서랍과 가방을 뒤지던 성민이는 물감을 들고 후다닥 튀어서는 내 옆자리에 앉았다. 성민이와 일당들은 벌써부터 신이 난 듯 들떠서 하이에나 떼처럼 웃기 시작했다. 여자애는 화장실에서 체육복을 갈아입고 수업 시작종과 동시에 들어와서 앉았다.

드디어 미술 선생이 강단 앞에 섰다. 해병대 특수 수색대 출신에 태권도 2단인 그는 공포의 대상이었다. 준비물을 안 가져오면 무조건 엎드려뻗쳐를 시켰는데, 특히 남학생은 깍지를 껴야만 했다. 기합은 대개 30분 이상이어서 우리는 수업 내내 괴로운 신음을 들으며 데생을 하고 수채화를 그렸다. 한번 당하면 사나흘은 수저 쥔 손이 부들부들 떨릴 정도로 그 강도가 호됐다.

별명이 '해병대'인 미술 선생은 선도부 담당이기도 했다. 그는 사춘기의 남자들은 10초마다 여자 생각을 하고, 여자들은 10분마다 먹는 걸 생각한다고 믿는 사람이었다. 그래서 남자애들은 거의 '짐승' 취급하고 여자애들은 '가축'으로 취급했다.

"준비물 없는 놈들 앞으로!"

꼴통 남학생 두 명과 어리바리 여학생 한 명이 머리를 긁적이며 교실 앞으로 나갔다. 아이들은 힐끔힐끔 전학생을 쳐다봤다. 벌써부터 그 애가 땀을 삐질삐질 흘리며 벌 받는 상상을 하는지 성민이와 일당들은 몸을 배배 꼬며 키득키득댔다. 그런데 전학생은 앞으로 나가지 않았다. 교실을 한 바퀴 둘러보던 해병대가 몽둥이로 여자애를 가리켰다.

"너, 왜 안 나오나? 물감 없잖아!"

"선생님, 저는 분명히 물감을 가져왔어요. 근데 체육 시간이 끝나고 돌아오니 누가 물감을 숨겼는지 없어요. 급했는지 이건 차마 못 숨겼네요."

그렇게 말하며 그 애는 양손에 스케치북과 팔레트를 들고 흔들며 웃었다. 우리는 "비겁한 변명 따위 하지 마라! 넌 뻗쳐 10분 추가다!"라는 해병대의 꾸지람을 기대했다. 체벌이 무서운 남자애들이 이리저리 핑계를 대면, 그는 눈도 깜짝 않고 "누가 그 말을 믿나? 어서 깍지 껴" 하고 무시했다. "선생님, 진짜예요. 믿어주세요!"라고 애원하면, "믿으니까, 깍지 껴"로 일축했다.

그런데 오늘은 여자애의 말을 듣자마자 해병대의 눈이 일그러지며 우리를 쏘아보았다. 가축의 말을 알아들은 것이다.

"누가 물감을 숨겼나, 앙! 말로 할 때 자수해라!"

해병대는 벌써 누가 그랬는지 알고 있다는 듯 성민이가 앉은 자리로 성큼성큼 걸어왔다.

"빨리 안 나오면 양심 불량으로 지옥행이다."

교실은 찬물을 뿌린 듯 고요했다.

"호, 이 자식들 봐라. 수업 때려치우고 단체 기합을 원한다?"

단체 기합은 끔찍했다. 쓸데없는 장난질로 60명 전원이 한 시간 동안 벌을 받는 건 억울한 일이었다. 왠지 반장으로서 무거운 부담이 밀려들었다. 선생은 양복저고리를 벗었다. 짐승이건 가축이건 다 때려잡겠다는 신호였다. 그리고 성민이와 일당들을 노려보며 '너희들 왜 이래, 같은 선수끼리' 하는 눈빛을 보냈다.

"마지막 기회. 셋 셀 동안 튀어나온다."

성민이가 엉거주춤 일어나자 작당한 몇 놈이 우물쭈물 일어났다. 여전히 체육복 차림이었다.

"이 짐승 쇄키들, 기합 받기 딱 좋게 입었네. 깍지 껴."

여자애를 골탕먹이려 했으나 도리어 일을 주도한 남자애들이 기합을 받았다.

여자애는 지난주 경기도 신갈에서 전학을 왔다. 신갈이 어디쯤인지 정확히 모르지만 시골인 건 분명했다. 또래 여학생들에 비해

키가 껑충했는데, 영양 상태가 좋지 않은 듯 몸이 말라서 팔다리가 가늘었다. 집에서 가위로 자른 일자 머리의 헤어스타일은 촌스러웠고 간혹 표정이 시무룩했다.

그 애에겐 바로 '미스 신갈'이라는 꼬리표가 붙었다. 고교 입시를 앞두고 3학년 2학기에 제법 경쟁이 치열한 수원으로 전학을 오는 건 상당히 드문 일이었다. 누구에게서 흘러나온 말인지 알 수 없으나 엄마 아빠가 없다고 했다.

남자애들 일부, 특히 성민이는 틈틈이 그 여자애를 놀려먹는 데 재미를 붙였다. 도시락 반찬을 훔쳐 먹거나 복도에서 괜히 어깨를 부딪치고 다니며 낄낄거렸다. 그 애가 선생님께 지목을 당해 영어책을 읽게 되면, 남자애들은 "오, 미스 신갈!" 하고 합창을 했다. 그러다 발음이 조금이라도 이상하면 책상을 두드리며 난리를 쳤다. 순서대로 교실 앞에 나가 칠판의 수학 문제를 풀 때는 그 애가 분필을 잡기 전부터 웃음을 터뜨렸다. 의외로 답이 맞으면 남자애들은 입을 동그랗게 모아 "오, 미스 신갈!" 하고 외쳤다.

"정물 수채화의 기본은 뭐다?"

그림을 그리는 중에 미술 선생이 한마디 툭 던지자, 아이들이 일제히 대답했다.

"빛과 그림자!"

지난 수업에 선생은 빛과 그림자가 살아야 정물이 살아난다고 했다. 빛만 있으면 안 되고 그림자가 들어가야 생동감을 얻는다는 뜻이었다. 성민이와 일당들은 10분이 지나자 과장되게 끙끙 앓으며 몸부림을 쳤다.

붓으로 화분의 아랫부분을 어둡게 칠하다가 나는 여자애의 등을 바라봤다. 하이에나 같은 녀석들이 놀려먹기에 만만한 상대가 아니었다. 다른 여자애들 같으면 진작 손바닥으로 얼굴을 가리고 눈물을 찔끔찔끔 짰을 텐데, 이 아이는 그 어떤 장난질에도 전혀 개의치 않고 당당했다.

종례를 마치자 성민이가 뻐근한 듯 팔을 주무르며 말했다.

"오늘 철수네 집 빈대. 같이 가자. 죽이는 비디오 있대."

"미안, 난 갈 데가 있어서."

"너 오늘도 기원에 가는 거지?"

나는 가방을 꾸리며 고개를 끄덕였다. 성민이는 쉽게 물러날 기세가 아니었다.

"너 지난번 옆 반하고 축구 시합 할 때도 바둑 둔다며 빠졌지? 네가 없어서 우리가 졌잖아. 반장이 이렇게 무책임해도 되는 거야?"

"축구는 내가 없어서가 아니라 옆 반 애들이 잘해서 이긴 거잖아. 그리고 비디오 보는 거랑 반장 책임과는 상관없는 거니까 너희들이나 봐. 들키지 말고."

나는 가방을 어깨에 메고 일어났다. 성민이는 섭섭한 듯 말했다.

"어, 자식, 되게 의리 없네. 그럼 요 앞 분식점에서 떡볶이라도 같이 먹자."

의리 앞에서는 속수무책이었다. 나는 손목시계를 보고는 한발 물러서며 대답했다.

"그래, 떡볶이는 내가 살게."

# 3

기원의 문을 열고 들어서며 인사를 했다. 그러나 원장님만 고개를 빼고 돌아볼 뿐 나머지 분들은 창가에 둥글게 모여 서서 미동도 하지 않았다. 주요 대국일 경우 심심찮게 벌어지는 풍경이었다. 대부분 그곳에 몰려 있는 것으로 봐서 상당히 큰 판인 것 같았다.

나는 곧장 기원 한쪽의 연구실로 들어가 큰 자석 바둑판 앞에 섰다. 사범님은 사흘에 한 번씩 거기에 묘수풀이를 냈다. 이번 사활은 중국 원나라 시대의 바둑 책인 『현현기경(玄玄棋經)』에서 출제된 고난이도 문제였다. '흑선백사(黑先白死)'였는데 좁은 궁도에 일정한 패턴을 가진 형태가 아니라 귀와 변이 열려 있어서 과정이 난해하고 대응에 따라 경우의 수가 복잡하게 불어났다. 열두 수가 넘어가면 정신이 흐릿해졌다.

묘수풀이는 바둑판에 돌을 놓지 않고 머리로만 수를 계산하는 것이 원칙이었다. 나는 몰래 바둑판에 여러 번 두고서도 사흘이 넘도록 끙끙 앓는 중이었다. 그런데 누군가 착수를 해서 사활을 진행했고, 채점칸에 흰 돌이 붙은 걸 보니 정답이었다.

보통 치밀한 수읽기가 아니었다. 치중해서 4궁도 모양으로 돌을 따내게 한 뒤 재치중하는 후절수(後切手)가 묘수였다. 적의 칼날을 피하려고 뒷걸음치는 게 아니라 오히려 팔 한쪽을 내어주며 끌어들인 뒤 상대의 숨을 끊는 기술이었다.

"아, 누가 이런 수를!"

나는 선 채로 감탄하다가 평상시처럼 책꽂이에서 기보 한 권, 정석 한 권, 포석 한 권, 끝내기 한 권을 차곡차곡 뽑아서 연구실을 나왔다. 그리고 기원의 가장 구석진 자리에 앉아 책을 펼쳐들었다. 사각기둥 뒤여서 사람들 눈에 안 띄는 곳이었다.

"이야, 기절초풍할 일이네!"

장 사장의 감탄사가 들렸다. 관전자들이 전혀 자리를 뜨지 않고 몰입하는 모양새로 봐서 흥미진진한 대결인 듯했다. 고개를 돌려 몇 번을 힐끔거리다가 나는 참지 못하고 그곳으로 갔다. 빙 둘러싼 어른들 때문에 끼어들기가 쉽지 않았다. 무릎을 구부리고 그들의 허리 사이로 고개를 밀어넣으니 겨우 바둑판만 눈에 들어왔다.

국면은 귀[隅]의 모양이 얼추 정리되고 한참 치열한 중반 접전이 벌어지는 상황이었다. 가늘고 긴 손가락이 빠르게 흑 돌을 집어 백의 미생마(未生馬)에 치중했다. 아직 중원에서 모양을 갖추지 않은 백의 급소를 가차 없이 찌르고 들어간 수였다. 장 사장이 손날로 목을 긋는 시늉을 했다.

"끽! 이 절묘한 한 칼!"

백은 통증에 시달리듯 좀처럼 돌을 잡지 못했다. 아직 두 집을 확보하지 못한 백은 장고(長考) 끝에 일단 도망가려고 날일(日) 자로 뛰었다. 흑은 태연하게 건너 붙이고는 백이 저항하자 과감하게 연결을 끊어버렸다. 관전자들이 일제히 낮은 신음을 질렀다. 장 사장은 흡사 대국 중계를 맡은 듯했다.

"아이고, 아파라. 날카롭게 끊으니 피가 줄줄 새는구나."

백이 두 집을 만들려고 몸부림을 치자 흑은 틈을 주지 않고 냉혹하게 맥을 짚었다. 관전자들은 연이어 이구동성으로 아, 하는 탄성을 질렀다. 꽉 막힌 사지에서 백은 활로를 찾듯 이리저리 버둥거렸으나 흑은 집을 깨뜨리며 무자비한 압박을 가했다. 이미 여러 군데에 칼을 맞은 백은 비틀거리며 사경을 헤맸다. 장 사장은 판소리 사설을 늘어놓듯 걸쭉한 가락을 뽑아냈다.

"아주 숨통을 바짝 죄는구나! 아리랑 고개로 넘어 넘어간다."

이제껏 참았던 백을 쥔 대국자가 더는 못 견디겠는지 신경질을 냈다.

"조용히 좀 해요. 옆에서 정신 사나워 죽겠네!"

나는 정신이 번뜩 들었다. 바로 고 형의 목소리였다. 형이 이렇게까지 곤경에 몰린 경우를 본 적이 없었다. 백은 온갖 수를 짜내어 살려고 기를 썼지만, 흑은 눈 하나 깜짝 않고 숨통을 죄다 끊어버렸다. 흑 돌은 가볍게 놓였으나 한 수 한 수 상대를 잔인하게 몰아쳤다. 백은 더는 버티지 못하고 돌을 던지고 말았다.

새로운 강자가 등장하는 순간이었다. 관전자들은 말을 잃고 혀를 내둘렀다. 그들도 고 형이 이토록 비참하게 깨지는 것을 본 적이 없었을 것이다. 첫수부터 복기(復棋)를 하는 대신 강 사범님이 주요 국면에서 백 돌의 실책을 몇 군데 짚어줬다. 중반에 돌입하면서 집이 모자라는 압박에 초조했는지 무리수를 연속 둔 것이 백의 패인이었다.

어른들 몇 명이 자리를 떠서 공간에 여유가 생기자 나는 제일 먼저 흑을 쥔 대국자를 확인했다. 얼굴을 본 순간 그대로 숨이 멎고, 빠르게 뛰던 심장이 돌덩이처럼 둔탁하게 바닥으로 툭 떨어지는 기분이었다. 도무지 믿을 수가 없었다. 사범님의 말에 고개를 끄덕이는 대국자는 바로 미스 신갈이었다. 이 애가 왜 여기서 바둑돌을 쥐고 있는지 의아한 일이었다.

강 사범님은 미스 신갈의 머리를 가볍게 쓰다듬으며 칭찬을 했다.

"연희가 형세 판단도 좋고 수읽기도 빠르고 행마가 날렵하네."

원장님도 한마디 거들었다.

"역시 최 사범이 딸 하나는 제대로 가르쳤어."

고 형은 몹시 지쳐 보였다. 여전히 억울하고 얼떨떨한지 양손을 깍지 껴서 뒤통수를 기댔다. 장 사장이 판결을 내리듯 말했다.

"맞바둑은 무리. 고 학생이 흑 잡고 두거나 두 점 깔아야 맞는 치수!"

'고흥식'이라는 멀쩡한 이름을 놔두고 장 사장은 형을 늘 '고 학생'이라 불렀다. 이 호칭은 형을 '어려운 형편의 불쌍한 놈'으로 만들었다. 형은 기분이 상했는지 깍지를 풀며 장 사장을 향해 신경질을 냈다.

"아저씨가 심판이라도 돼요? 한 판 진 걸로 치수를 그렇게 정하면 어떡해요?"

머리가 띵할 정도의 충격이었다. 미스 신갈이 고 형과 호선으로 두어 이기다니…… 형은 일류 대학교의 법학과 졸업반 학생이어서 머리 회전이 빠르고 자존심이 셌다. 다만 바둑을 군대에서 배우기 시작한 게 문제였다. 늦게 시작한 탓인지 욕심만큼 실력이 늘지 않았고 승률 기복이 심한 편이었다.

촌스럽고 호리호리한 여중생에게 진 게 부끄러운지 형은 미스 신갈과 눈도 마주치지 못했다. 형과 호선으로 맞붙어서 저 정도로 이긴다면 장 사장도 이길 수 있다는 뜻이었다. 기원 내에서 사범님을 제외하고 형은 장 사장과 대등하게 겨루는 유일한 호적수였다.

"어이, 고 학생. 여중생한테 코피 터지고 아직 정신 못 차렸네."

장 사장이 비아냥거리자 형은 지지 않고 쏘아붙였다.

"방심해서 실수한 거예요. 실수는 병가지상사 모르세요? 아저씨나 잘하세요."

"나 같으면 여중생한테 지면 접싯물에 코를 박지 그딴 말대꾸 안 할 텐데."

장 사장이 자리에서 일어나며 형의 기를 눌렀다. 형은 화가 난 나머지 바둑알을 거칠게 통에 몰아 담았다. 관전자들이 하나둘 떨어져 나가자 이제야 나를 발견한 강 사범님이 알은체를 했다.

"어, 훈이 왔구나. 너 연희랑 같은 학교지?"

나는 사범님께 인사를 하고는 고개를 끄덕였다. 같은 반이라는 말은 하지 않았다. 장 사장은 나를 보자마자 식당 종업원 부르듯 말을 걸었다.

"어이, 빈삼각, 너 일루 와. 내가 코피 터지게 해줄게."

그 말에 미스 신갈이 나를 보며 키득키득 웃었다. 이런 순간에 그 별명을 부르다니. 이렇게 사범님, 원장님, 고 형이 지켜보는 곳에서 장 사장과 바둑을 두는 건 끔찍한 일이었다. 미스 신갈 앞에서는 더더욱 못할 짓이었다. 나는 손을 내저으며 사양했다.

"아, 죄송해요. 저는 급히 봐야 할 게 있어서요."

돌아서는 내 뒤통수에 대고 장 사장은 크게 떠들었다.

"빈삼각, 쟤는 매일 쓸데없이 책만 봐. 인마, 넌 나를 못 이기면 학생왕위전에 나갈 꿈도 꾸지 마!"

또 그 잔소리였다. 나는 기둥 뒤쪽의 후미진 자리로 걸어가며 고개를 절레절레 저었다. '빈삼각'은 가장 능률이 떨어지고 좋지 않은 바둑돌의 모양이었다. 바둑에 입문할 무렵 그 수를 한 번 두었더니 장 사장은 그 악수(惡手)를 내 별명으로 붙여서 몇 년째 기를 팍팍 꺾었다. 기원에서 안 봤으면 하는 유일한 사람이었다. 속이 부글부글 끓어서 나는 책을 펴며 속으로 중얼거렸다.

"저런 몹쓸 악마 같으니!"

# 4

초등학교 5학년이 되자 서예 학원을 운영하는 아버지는 나를 어린이 바둑교실에 등록시켰다. 표면적인 이유는 차분히 앉아서 집중하지 못하는 성격을 바로잡기 위해서였고, 두번째는 부자지간에 정다운 수담(手談)을 나누기 위해서였다. 서예에 도무지 흥미를 못붙이고 친구들과 밖으로 나돌기만 하던 나는 바둑에 차츰 빠져들었다. 초반에는 기력이 빨리 늘어서 5개월이 지나자 아버지는 내게 바둑 두자는 말을 더는 하지 않았다. 아버지의 기력은 '어깨너머로 배운' 8급 수준이었다.

중학교에 입학해서는 거의 바둑에 몰두하며 지냈다. 매일 수업이 끝나면 도시의 한복판인 팔달문 뒷골목에 위치한 기원으로 달려가 밤늦도록 기보를 읽고 포석과 정석을 외웠다. 방학 중에는 아예 아침부터 저녁까지 바둑판 앞에서 살았다. '위기십결(圍棋十

訣)'은 나의 유일한 행동강령이었고 '기도오득(棋道五得)'은 바둑이 보장하는 내 인생 최대의 행복이었다.

사춘기를 맞은 또래들이 성(性)에 눈떠 자위를 시작하고, 솟구치는 분노를 참지 못해 주먹을 휘두르고, 반항심에 가출을 하는 동안 나는 반상 앞에서 수를 읽었다. 통학 버스에서는 사활 문제집을 풀었고 잠이 오지 않으면 방 천장에 그날 배운 행마의 수순을 늘어놓았다. 시위대가 길을 막아도 최루탄으로 매캐한 거리를 뚫고서 기원을 찾아갔다. 하루 종일 혼자 있어도 전혀 심심하지 않았다. 오로지 기력 향상에만 몰두한 나머지 그 외의 것들엔 무심했다.

작년 가을 나는 한국기원에서 발행한 '아마 초단 자격증'을 땄지만, 실제로는 '화초 바둑'이라는 별명이 붙을 만큼 힘이 약했다. 사범님은 실전의 중요성을 누누이 강조했으나 나는 승리하기 위해 독해져야 할 때마다 마음이 흔들렸다. 대부분 어른들과 상대했기 때문에 이기면 당황한 그들의 얼굴을 보기가 민망했고, 반대로 지게 되면 그 억울함이 며칠씩 갔다. 그래서 격돌을 벌이는 일보다 기원 구석에서 기보를 복기하거나 정석을 외우는 일이 훨씬 많았다.

작년 말 기원에서 바둑 대회를 개최했다. 연중 최대 행사였고 상금과 상품도 파격적이었다. 1등의 영예뿐만 아니라 바둑 교실 1년치 수강료를 단번에 아버지 앞에 가져다줄 기회였다. 사범님은 이런 체험도 필요하다며 참가비를 대신 내줬다.

"너도 출전해봐. 좋은 경험이 될 거야."

놀라운 제안이었다. 왜냐하면 사범님은 당시 성행하던 크고 작은 바둑 대회에 내가 참가하는 것을 몹시 꺼렸기 때문이다. 실제로 사범님 본인은 아마 바둑계에서 소문난 승부사였음에도 어린 친구들이 순수한 바둑의 즐거움보다는 상금과 실적에 영악하게 길들여지는 것을 비난했다.

어쨌든, 평소 엄했던 사범님의 배려에 탄력을 받았는지 아니면 대진 운이 따랐는지 알 수 없으나 나는 결승에 진출했다. 스위스식 토너먼트로 치른 4강전에서 불계승으로 결승 티켓을 따내던 순간 터져 나오던 사범님의 환호와 어른들의 갈채를 나는 아직도 잊을 수 없다. 그 갈채는 바둑을 두기 시작한 이래 내가 받은 최고의 찬사였다.

결전 상대는 소위 '시장 바둑'의 강호로 알려진 장 사장이었다. 공식적인 대회가 아니었다면 나는 결코 그와 수담을 나누지 않았을 것이다. 검고 번들번들한 얼굴에 얇은 입술을 가진 장 사장은 매일 '방내기'나 두는 삼십대 후반의 파렴치한으로 소문이 자자했다. 젊은 나이에도 장사 수완이 좋은지 남문 시장에서 종업원을 다섯 명이나 둔 대형 의류 가게의 사장이었다. 간혹 바둑을 두다가 고성이 오가는 멱살 드잡이를 하거나 주먹싸움을 벌이기도 해서 내게는 '기피 대상 1호'나 마찬가지였다.

'화초 바둑'과 '시장 바둑'의 대결은 그날의 하이라이트였다. 결승전은 3판 2승제로 진행됐는데, 첫판부터 나는 몹시 당황하기 시작했다. 이렇게 두면 분명히 저렇게 응수해야 하는데, 장 사장은 정석 따위는 무시해버리는 무규칙 이종 격투기 선수였던 것이다. 반상 위에 돌을 메다꽂듯 던지는 모양새가 거칠고 행마가 호전적인 데다가 형세가 불리하면 욕설을 내뱉기까지 했다. 그와 나는 박빙으로 엎치락뒤치락하며 한 판씩을 서로 주고받았다.

마지막 대국에서 나는 좌하귀의 돌을 잡아놓은 상태여서 대세는 거의 결정이 나 있었다. 미리 계가(計家)를 끝낸 고수들이 옆에서 '시장 바둑'의 몰락을 예고하며 장 사장을 놀려댔다. 그때마다 우승을 코앞에 둔 나는 웃음을 참지 못했다. 그들의 곰삭은 농담 자체가 웃기기도 했지만 첫 대회에 출전하여 승리를 눈앞에 두고 피가 거꾸로 돌 만큼 흥분했던 것이다.

"얼빠진 놈, 어디서 히죽대. 집중 안 해! 너 하나도 안 이겼어."

키득거리는 중에 꿀밤 한 대가 세게 날아왔다. 그 꿀밤은 그때껏 맞아본 것 중 가장 아프게 꽂혔다. 마치 돌멩이가 날아와 정수리에 박힌 것처럼 눈물이 쏙 빠질 정도였다. 사범님은 아마도 내게 끝까지 정신을 놓지 말라고 경고해주고 싶었는지도 모른다. 어쩌면 승부 앞에서 겸손한 태도를 유지하는 법을 가르쳐주고 싶었을 수도 있다.

그런데 순간 주눅이 든 나는 그 꿀밤 한 대와 호된 꾸중에 마음이 상해서 페이스를 잃고 말았다. 그 매운 손에는 맞은 사람만이 아는 어떤 감정이 들어 있었다. 그러다가 본 적도 없는 꼼수에 말려들어 다 잡아놓은 좌하귀의 상대 돌이 살아나자 마침내 돌을 던질 수밖에 없었다.

"장 사장이 심약한 애 하나 꼼수로 후렸구먼, 후렸어!"

관전을 하던 고수들이 아깝다는 듯 혀를 찼다. 결승 대국 내내 이맛살을 찌푸리던 장 사장의 얼굴은 어느새 득의만면한 표정으로 바뀌었다. 반상의 돌을 걷는 동안 장 사장은 한쪽 입술을 비틀며 번들번들한 웃음으로 비아냥거렸다.

"어찌나 곱게 자라신 화초인지 말이야! 이래서야 어디 버티겠어?"

나는 얼굴이 빨개져서 바둑통의 뚜껑을 닫고 고개를 숙여 간신히 인사를 했다. 그러고는 곧장 화장실로 달려가 엉엉 울었다. 다케미야와 고바야시의 포석을 줄줄 외우고 백 개가 넘는 정석을 알고 있지만, 중요 대국에서 어이없는 꼼수에 걸려들 만큼 나는 실전에 약했던 것이다. 그러니까 나는 무술 체육관에서 사범님의 구령에 팔다리를 쭉쭉 내뻗는 데는 선수였으나, 교실에서 양아치처럼 구는 녀석들에게는 주먹 한번 내뻗지 못하는 심약한 놈에 불과했다. 세수를 하고 나오자 사범님은 화난 얼굴로 크게 소리쳤다.

"사활에서는 치밀해야지!"

그 한마디에 나는 고개도 들지 못하고 다시 흐느껴 울었다. 도저히 눈물을 참을 수가 없었다. 사범님은 사람들이 모두 보는 앞에서 호통을 쳤다.

"상대의 돌을 잡는 것도 능력이지만 승부가 뒤집히지 않도록 유지하는 것도 실력이야, 알았어?"

그날따라 유독 사범님이 엄격함을 넘어서 잔인하게까지 여겨졌다.

"그리고 인마, 써먹고 응용하라고 책을 보는 거지 그거에 눌리면 되나! 오늘부터 책 집어치워!"

사범님의 꾸지람이 끝나자마자 나는 다시 화장실로 들어가서 울었다. 세수를 하는데도 눈물이 그치지 않고 눈가가 따가웠다. 고형이 곧 따라 들어왔다.

"훈아, 이 형이 정의롭게 복수해줄게."

"아니요, 복수는 제가 직접 해야죠."

"어떤 일들은 시간이 걸리는 거야. 갑자기 덤비면 기회를 영영 잃게 돼. 두고 봐, 내가 장 사장 묵사발 만들 테니."

그것은 나를 위한 복수가 아니라 그를 넘어서기 위한 형의 자기 다짐이었다. 나와 고 형과 장 사장 모두 기력이 비슷한 아마 초단이었으나 이상한 역학관계로 얽혀 있었다. 나는 형에겐 강했으나 장 사장 앞에선 맥을 못 추었다. 그런데 형은 나에겐 약하지만 장 사장과는 대적이 되었다. 장 사장은 우리 둘을 늘 허약한 하수로 치부해서 공동의 적이 된 셈이었다.

그날 이후 나는 장 사장과 진검 승부를 벌이는 꿈을 꾸곤 했다. 우리는 원한에 사무친 숙적처럼 서로 칼 한 자루만을 들고 갈대밭이나 모래톱에서 겨루었다. 장 사장은 한쪽 눈에 안대를 하거나 팔자수염을 얍삽하게 기른 악인으로 등장했다. 격전의 마지막에 내가 장 사장을 제압하는 순간이 오면, 그는 꼭 내 눈에 모래를 뿌리며 표창을 날리거나 함정에 빠뜨리는 암수와 비수를 써서 나를 피투성이로 만들었다. 장 사장은 늘 얇은 입술을 비틀며 비열한 웃음을 지었고 나는 매번 비명을 지르며 꿈에서 깼다.

올 연말에 개최되는 학생왕위전에 나가려면 우선 장 사장을 꺾어야 했다. 지난해 통한의 결승전 이후 나는 '타도 장 사장!'을 외치며 공부했지만 실전은 여전히 두려웠다.

이런저런 생각에 잠겨 습관적으로 기보를 판 위에 복기했다. 돌의 흐름보다 그 흐름을 설명하는 문장이 더 흥미로웠다. 그런데 갑자기 귓가에 뜨거운 입김이 닿으며 악마의 음성처럼 낮고 느적는적한 목소리가 들렸다.

"이놈, 빈삼각!"

나는 의자에서 엉덩이가 한 뼘쯤 뛰어오를 정도로 놀라고 말았다. 장 사장이 웃겨 죽겠다는 듯 낄낄거렸다.

"이런 심약한 놈! 넌 인마, 나를 밟지 않고는 거기 나갈 꿈도 꾸지 마!"

## 5

사범님이 나와 미스 신갈을 앉혀놓고 말했다.

"훈이 너는 내일부터 연희와 치수 고치기 십번기를 두도록 해. 아직 판수가 부족하니까 도움이 될 거야."

판수가 부족하다는 건 실전 경험이 떨어진다는 뜻이었다. 장 사장은 자칭 '산전, 수전, 공중전'까지 두루 겪은 전투 바둑에 능했다. 실제로 그는 베트남전의 최전방에서 복무한 참전용사여서 자주 무용담을 늘어놓았다. 허풍인지 모르겠으나 정글에서 단병접전이나 백병전, 육박전이 벌어지면 최선봉에 나가 용맹을 떨쳐서 표창을 여러 번 받았다고 했다. 전투력을 바둑판에서 과시하듯 '방내기'를 둘 때마다 그는 하수들의 대마를 힘으로 눌러 통쾌하게 때려잡곤 했다.

사범님은 달력 뒤에 자를 대고 매직으로 십번기 전적표를 그렸다. 그리고 잘 보이도록 벽에 붙였다. 제1국부터 제10국까지 칸이 나뉘어져 있어서 승패에 따라 'O와 X'를 기록하라고 했다.

"6선승이면 승자가 되는 거야. 그리고 3연승이면 치수가 고쳐진다. 일단 호선으로 시작하고, 한쪽이 3연승 하면 정선, 두 점 접는 순서로 가는 거야. 알겠지?"

미스 신갈은 고개를 끄덕였고 십번기가 처음인 나는 질문을 했다.

"사범님, 그럼 무승부는 세모인가요?"

"그렇지, 역시 훈이가 똑똑하구나."

사범님이 머리를 쓰다듬어주자 나는 기분이 좋아서 환하게 웃었다.

"그럼, 내일부터 시작해."

그 말을 들으니 웃음기가 걷히며 벌써부터 심장이 뛰었다. 장 사장을 넘기 위해서는 미스 신갈을 반드시 이겨야 하는 상황이 되고 말았다. 왠지 이기면 당연한 거고, 지면 창피를 당할 게 뻔한 싸움이었다. 긴장하는 나와 달리 그 애는 뭔가 신나는 일이 생길 것 같다는 표정이었다.

미스 신갈이 인사를 하고 기원을 나가자, 나는 고 형에게 조용히 물었다.

"혹시 연구실 사활 문제 형이 풀었어요?"

"아니, 연희가 원장님과 사범님께 아까 인사를 왔거든. 여기 오기로 미리 얘기가 다 된 상태더라고. 사범님이 잠깐 연희와 이야기

를 하더니 연구실 문제를 풀어보라고 했어. 10분도 안 돼서 가보
니까 벌써 다 풀었어."

"네? 10분도 안 돼서요?"

"나도 놀랐어. 곧바로 사범님이 나보고 호선으로 두라고 해서
판이 벌어진 거야. 속으로 우습게 봤는데, 깨박살 났어. 쟤 완전 괴
물이야."

입이 다물어지지 않았다. 한 판이기는 했지만 형과 호선으로 그
정도의 형세를 리드한다면 최소한 아마 초단의 실력이었다.

"도대체 뭐하다가 온 애래요?"

"사범님 선배인 최 사범 딸이래. 근데 최 사범이 신갈 기원에서
활동하다가 얼마 전에 교통사고로 돌아가셔서 수원 이모 집으로
이사 온 모양이더라."

"수원 이모요?"

"엄마가 미국에 있다나 봐. 너랑 같은 학교라던데, 학교에서 본
적 없어?"

그러니까 미스 신갈은 바둑 사범의 딸이었다. 최 사범은 아마추
어 바둑계에서 '언더그라운드의 대부'로 통하던 인물이라고 형은
귀띔했다. 승부사로 이름을 날리던 사범님과 어린 시절부터 동문
수학했고, 커서는 경기도 아마 바둑계를 양분하던 강호로 명성이
높았다.

"너 내일부터 걔랑 십번기 두지?"

얘기를 하던 고 형이 문득 물어서 나는 고개를 끄덕였다.

"치수 고치기 십번기가 뭔지나 알아?"

"열 판 둬서 세 판 연속 이기면 치수가 고쳐지는 거 아니에요?"

형은 답답하다는 듯한 표정을 짓더니 목소리의 어조를 한껏 낮추었다.

"인마, 그거 장난 아냐. 기라성 같은 프로 기사들도 그거 두다가 여럿 골로 갔어. 그게 일본 에도 시대에 시작된 바둑계의 끝장 대결이야."

"끝장…… 대결이요?"

"그게 그냥 열 판을 두는 게 아니야. 둘 중 하나는 고꾸라지는 거라고. 뭔 말인지 알아?"

무슨 말인지 이해할 수 없어서 나는 천천히 고개를 저었다. 어딘지 알 수 없는 곳에서 두려움이 몰려들기 시작했다. 갑자기 발끝이 간질간질해서 나는 발가락을 세게 꼼지락거렸다.

"하, 자식, 책을 많이 읽기에 똑똑한 줄 알았더니 오늘 보니 바보네. 대회 타이틀이야 올해 못 따면 내년에도 딸 수 있지만, 십번기는 상대방과 서열을 정하는 거야. 지면 당장 무릎 꿇고 졸때기가 되기 때문에 목숨 걸고 두는 거라고."

집으로 돌아오는 길에도 나는 형의 말 때문에 머리가 복잡했다. 다소 과장이 섞인 듯하지만 단순히 실전 감각을 익히기 위해서 열 판을 두는 게 아닌 건 분명했다. 하기야 상대방과 세 번 싸워서 연속으로 세 번 코피가 터지면 꼬리를 내릴 수밖에 없을 것이다. 미스 신갈에게 얻어터져서 바닥에 나동그라지는 상상을 하자 눈앞이 아찔했다.

저녁을 먹자마자 나는 밤늦게까지 포석을 연구했다. 나름대로 내일 대국의 전략을 짠 셈이다. 그리고 하루 일을 기록하는 수첩의 마지막에 한문 격언 한 줄을 옮겨 적었다.

'不爭而者保者 多勝(부쟁이자보자 다승)'

싸우려고만 하지 않고 스스로 지키고 조심하다 보면 대개 이긴다는 뜻이었다. 나는 수첩의 그 문장 위에 손을 가만히 얹고 눈을 감았다. 그것은 어릴 적부터 서예를 하며 문장이나 어휘를 잊지 않기 위한 나만의 비법이었다. 머리로만 외우는 게 아니라 손의 촉감으로도 기억하는.

## 6

우리는 마주 앉아 서로 고개를 숙여 인사했다. 내가 백 돌을 한 움큼 쥐자 미스 신갈이 흑 돌 하나를 반상 위에 올려놓았다. 돌 가리기를 하면서도 나는 이 아이가 정말 나와 호선 치수의 실력일까를 의심했다. 학교에서도 자주 그녀에게 눈길이 갔다. 손에 쥔 돌을 늘어놓으니 홀수가 나왔다.

첫 단추를 제대로 잘못 끼운 기분이었다. 어제 짠 작전은 흑번 포석이었으나 공교롭게도 백이었다. 초반전은 탐색 위주로 흘러갔다. 나는 견실한 실리 위주로 진행했고 미스 신갈은 대범한 세력전을 펼쳤다. '세력으로 집을 만들지 말라'는 격언을 무시한 전략이었는데, 배짱이 보통 두둑한 게 아니었다. 나는 중앙을 깨뜨릴 기회를 넘봤지만 그녀는 내 집의 어깨를 꾹꾹 짓밟으며 결국 중앙 진입을 봉쇄했다.

얌전하고 싱겁기 짝이 없는 한 판이었다. 계가를 하니 반상에서 흑 집이 열한 집이나 더 많았다. 다섯 집 반을 공제받아도 다섯 집 반을 진 셈이었다. 상대를 너무 얕본 내 실책이었다. 새로 들어온 여학생에게 첫판 정도는 져줘도 괜찮았다. 나는 혹시 누가 볼까 봐 재빨리 돌을 걷었다. 그리고 복기는 하지 않고 돌을 바꾸었다.

2번국에서 나는 흑을 잡았다. 오랫동안 백보다는 흑을 잡고 상수들과 두었기 때문에 흑번 필승의 요령을 나름대로 터득하고 있었다. 포석은 괜찮았으나 중반 이후가 되자 몇 군데서 싸움이 벌어졌다. 싸우지 않고 온건히 지키려는 내 전략을 비웃듯 미스 신갈은 무섭고 대담한 기세로 쳐들어왔다.

무엇보다 길고 가는 손가락으로 바둑돌을 들어 힘들이지 않고 맥을 툭툭 끊어버리는 통에 갈피를 잡을 수가 없었다. 가볍게 찌르는 듯하나 깊이 들어오는 칼날은 날카롭고 유려했다. 그런 칼날이 귀와 변 중앙을 가리지 않고 번쩍이며 날아들었다. 예리하고 화려한 돌의 감각을 뽐내는 바둑이었다. 나는 반격은커녕 간신히 막아내다가 이미 여러 군데를 찔려서 운신을 못할 지경이었다.

끝내기로 접어들기도 전에 나는 돌을 던지고 말았다. 상대는 세력 바둑뿐만 아니라 싸움 바둑에도 능했다. 바둑알을 걸을 때, 내 얼굴은 뜨겁게 화끈거렸다. 예상치 못한 그녀의 기력에 두 판을 내리 패배한 나는 스스로도 어찌할 바를 몰랐다.

미스 신갈은 자리에서 일어나더니 전적표 앞으로 걸어갔다. 자신의 이름 옆에 파란 매직으로 동그라미를 그리고 내 이름 옆에는 빨간 매직으로 엑스를 두 개 그려넣었다.

"이야, 너 인마, 쌍코피 터졌구나! 사내놈이 창피하게! 당장 불 알 떼버려!"

지나가던 장 사장이 그 광경을 보고는 이죽거렸다. 미스 신갈은 뒤로 돌면서 매직 뚜껑을 딱, 소리 나게 닫으며 웃었다. 찰랑거리 는 긴 생머리와 말려 올라간 입꼬리가 왠지 얄미웠다. 가방을 챙겨 들고 자리에서 일어나자 사범님과 고 형이 나를 불쌍하다는 듯 쳐 다보았다. 나는 고개를 푹 숙이고 그대로 기원 문을 열고 나갔다.

그날 밤엔 새로운 악몽이 펼쳐졌다. 나는 중세 기사의 갑옷을 입 고 말을 타고 전설의 보물을 찾으러 가는 길이었다. 보물을 얻기 위해서는 반드시 성문을 통과해야 하는데, 성문 앞에는 거대한 괴 수가 지키고 있었다. 괴수는 사납고 잔인해서 이미 수많은 기사들 을 잡아먹은 것으로 악명이 높았다. 나는 괴수를 무찌르기 위해 혹 독한 훈련을 거친 후였다.

그 괴수를 찾아가는 여정에서 전혀 예상치 못한 강적을 만났는 데, 바로 날아다니는 요괴였다. 요괴의 얼굴은 미스 신갈의 얼굴과 똑같았다. 아무리 칼을 휘둘러도 닿지 않았다. 깔깔거리며 비웃는 요괴에게 공격을 당한 나는 괴수와 싸우기도 전에 까마득한 벼랑 아래로 떨어지다가 괴성을 지르며 깨어났다.

이틀 뒤 벌어진 3번국은 자존심을 건 혈투였다. 패배하면 호선 (互先)에서 정선(定先)으로 한 치수가 내려갔다. 까딱 잘못하다간 미스 신갈을 상수(上手)로 모셔야 할 판이었다. 자존심 때문에라도 도저히 밀리면 안 되는 상황이었다. 이번 판을 이겨서 경기의 흐름을 내 쪽으로 바꾸느냐, 3연패를 당해서 허물어지느냐의 기로였다. 백을 다시 쥔 탓에 입장은 불리했다.

바둑은 초반부터 격렬한 백병전이 여기저기서 벌어졌다. 백 돌을 놓을 때마다 머릿속에서는 '돌격, 앞으로!'라는 함성이 들끓었다. 바둑은 지더라도 기세 싸움에서는 절대 질 수 없었다. 각오를 단단히 한 나는 상대와 뒤엉켜서 허를 찌르고 맥을 끊고 집을 깨뜨렸다. 서로 혈흔이 난무하는 수상전(手相戰)이 여러 번 펼쳐졌다.

중반이 지나자 나는 대마불사(大馬不死)를 믿다가 좌변에서 숨구멍 두 개를 확보하지 못한 곤마(困馬)를 만들고 말았다. 흑이 날렵하게 뛰어들어와 집을 낼 만한 아래 공배를 싹 도려내자 백은 어쩔 수 없이 중앙으로 머리를 내밀고 뛰쳐나갔다. 미스 신갈은 '대마를 들뜨게 하지 말라'는 격언에 위배된 전술을 펼쳤다.

그러나 막상 중원으로 내달리자 그녀는 노련한 사냥꾼처럼 달아나는 길목에 미리 쐐기를 박아 그물을 친 상태였다. 갈 데 없이 내몰린 백의 곤마가 숨을 헐떡거리며 그물 안에 걸려들자 흑은 목줄을 걸어 숨통을 바싹 당겼다. 내가 발버둥 칠수록 그녀는 목줄을 더욱 그악스럽게 조였다. 곧 바람이 빠지듯 어깨가 축 늘어지고 허리와 다리에 맥이 풀렸다.

결국 좌변에서 중앙으로 달아난 곤마는 거대한 궤적을 남기고 숨이 끊기고 말았다. 대마를 때려잡고 통쾌한 불계승으로 3연승을 차지한 미스 신갈은 게임이 끝나자 깔깔거리며 웃었다.

"얼씨구, 대마즉사! 굴러온 돌이 박힌 돌을 빼냈네!"

어느덧 다가와서 관전하던 장 사장이 큰 소리로 떠들었다. 사범님은 내 대마가 절명하기 전에 고개를 돌리고 자리를 떠났다. 돌을 거둬 바둑알 뚜껑을 덮으며 인사할 때, 나는 숙인 얼굴을 차마 들수가 없었다. 미스 신갈은 자리에서 깡충 일어나더니 마침 지나가던 고 형에게 물었다.

"여기 있던 빨간 매직 어디 갔어요?"

"어, 빨간 매직?"

고 형은 잠깐 내 얼굴을 보고는 연구실에 들어가서 그것을 구해다 주었다. 연희는 전적표의 내 이름 옆에 아주 크고 굵게 'X'자를 그렸다. 시뻘건 'X'자가 무려 세 개였다. 통산 전적 3전 3패. 이제 나는 하찮게 보던 미스 신갈의 하수에 불과했다.

나는 자리에서 일어나 머리를 떨군 채 기원을 나섰다. 더는 앉아 있을 수도 변명의 여지도 없었다. 장 사장에게 질 때보다 더 치욕스러웠다. 이제 기원의 기대주는 내가 아니라 미스 신갈이었다. 그동안 어른들로부터 혼자 누리던 총애와 격려를 그녀에게 빼앗길게 뻔했다.

'촌에서 온 미스 신갈, 공부도 못하는 미스 신갈, 키만 멀대 같은 미스 신갈, 정석과 격언을 무시하는 미스 신갈……'

기원에서 집까지 걸어가며 나는 미스 신갈을 원망했다. 매교 다리 아래로 흐르는 하천은 더럽고 악취가 났다. 나는 난간 밖으로 고개를 내밀어 혼탁한 물을 보다가 침을 뱉었다. 세상은 온통 지옥

같았다.

그때 어디선가 내 이름을 부르는 소리가 들렸다. 고개를 돌리자 차들이 달리는 4차선 도로를 사이에 두고 다리 저편에 미스 신갈이 서 있었다. 그 애는 내게 웃으며 손을 들어 바이바이를 했다. 가로등 아래에 선 그 모습은 의외로 근사했다.

나는 이제까지 원망하던 것도 싹 잊고 얼떨결에 손을 들어 답례를 했다. 경남여객 버스 몇 대가 눈앞으로 지나가자 연희는 뒷모습을 보이며 구천동 방향으로 걸어가고 있었다. 그곳은 공업소가 밀집한 천변의 가난한 동네였다.

## 7

엄마는 아파트 현관문을 열어주며 코부터 감싸 쥐었다.

"옷부터 벗어, 얼른!"

몸에 배인 지독한 담배 냄새 때문이었다. 간혹 줄담배를 피우는 상대와 대국을 한 날이면 머리카락까지 냄새가 흠뻑 배기 일쑤였다. 손사래를 치며 이맛살을 찌푸리는 엄마의 그 제스처 탓에 나는 매번 지저분한 곳에서 뒹굴다 온 기분이었다.

"너 때문에 매번 밥상 두 번 차리는 것도 일이야. 집에 일찍 와서 엄마 아빠하고 오순도순 저녁 먹으면 얼마나 좋니?"

씻고 나오자 엄마는 늦은 저녁상을 차리며 잔소리를 했다.

"오순도순 먹는 건 아침으로 충분해요."

"그리고 넌 그 신선놀음을 대체 언제까지 할 거니? 아빠는 붓글씨 쓰는 신선, 아들은 바둑 두는 신선. 내가 이게 뭐 팔자라니?"

나는 숟가락을 들며 무뚝뚝하게 대답했다.

"뭔 팔자긴? 아빠도 신선이고 아들도 신선이면 엄마는 자동으로 선녀지."

"하이고 우리 아들, 도낏자루 썩는 줄도 모르고 말은 따박따박 잘하네. 너 지금 학교 참고서보다 바둑 책이 더 많은 거 알아?"

내가 바둑에 깊이 빠지자 엄마는 덜컥 겁이 났는지 요즘 들어 잔소리가 유독 심해졌다. 책장의 참고서와 문제집은 열 권이 안 됐지만, 바둑 책은 서른 권이 훌쩍 넘었다. 엄마의 목소리가 부드러운 설득 조로 변했다.

"훈아, 엄마는 너 몇 달만 기원 안 갔으면 하는데. 연합고사도 몇 달 안 남았잖아. 시험 끝나고 다시 나가도 되잖아."

연합고사가 끝나면 고등학교 입학 준비를 하라고 닦달할 게 분명했다. 엄마는 지금 내 기분이 어떤지는 아무런 관심이 없었다. 내가 여자애와의 대결에서 얼마나 무참하게 졌는지, 그 쓰라린 패배에 얼마나 큰 수치와 모욕을 느끼는지 몰랐다. 어떻게 하면 내가 바둑을 그만두고 영어와 수학 공부를 더 할지에만 관심이 많았다.

"둘 다 잘할 수 있어요."

낮고 분명하게 말하자 엄마는 눈을 흘기며 목소리 톤이 높아졌다.

"잘하긴 뭘 잘해? 기원엔 순 내기 바둑만 두는 한량들뿐이라는데!"

"엄마, 아니에요. 고 형은 서울대 법대생이에요. 형이 바둑은 고

급 두뇌 스포츠라고 했어요."

내가 항변하자 엄마는 잠시 물러서며 자리에서 일어났다.

"어쨌든, 중간고사 성적만 떨어져 봐. 책이고 바둑판이고 싹 내다 버릴 테니까!"

나는 아무 말 없이 밥 한 그릇을 비웠다. 엄마는 반 석차가 3등 밖으로 떨어지면 말 그대로 바둑판을 버릴 사람이었다. 한때 아버지가 밤낚시에 빠졌는데, 경고를 해도 개선의 조짐이 안 보이자 정말로 아버지의 보물 1호인 낚시 가방을 통째로 버려서 집안 분위기를 살얼음판으로 만든 적도 있었다.

저녁을 먹고 방에 들어와서는 불도 켜지 않고 바닥에 드러누웠다. 열린 창으로 저녁 바람이 소슬하게 밀려들어왔다. 어느덧 9월이어서 방바닥에 닿은 살갗이 서늘했다. 코로 숨을 크게 들이마시니 바람의 갈피에서 은은한 박하향이 나는 듯했다. 손을 뻗어 머리맡의 카세트 플레이어 버튼을 눌렀다.

반주 없이 적막을 가로지르는 록 가수의 샤우팅이 숨이 끊어질 때까지 계속됐다. 거친 그 음성은 마치 어두운 하늘을 쪼개며 솟구치던 빛줄기가 큰 포물선을 그리며 떨어지듯 사그라졌다. 숨이 끊어지는 자리에서 이어지는 웅혼한 전자 기타 선율과 신시사이저의 음향은 압도적이었다. 뇌가 뜨겁게 감전되는 기분이었다.

'1979~1987 추억 들국화' 앨범의 「이유」는 도입부터가 파격이었다. 1979년부터 1987년은 초등학교 입학부터 중3까지의 시간과 정확히 일치했다. 성민이가 나 같은 샌님은 꼭 들어야 한다며 가방에 넣어준 테이프였다.

넓은 하늘을 나는 새도
뜨거운 태양에도 이유가 있는데
나를 그냥 내버려둬 나를 어렵게 하지 마
저 길가 포플러 나무에도
발아래 구르는 돌멩이도 이유가 있는데
마음껏 넓은 넓은 들판처럼 나에겐 자유가 필요해

엄마 말처럼 슬슬 중간고사가 걱정됐다. 고입 연합고사도 석 달
이 안 남았다. 12월 초 연합고사가 끝나면 바로 학생왕위전이었다.
나는 그 모든 걸 잘해낼 수 있을지 걱정이었다. 문득 프로 기사가
되면 어떨까, 하는 상상이 들었다.
   그러기 위해서는 한국기원의 연구생 시험에 합격해야 하고, 특
수반이 편성된 서울의 고등학교로 진학해야 했다. 나이도 많고, 특
별 지도를 받는 것도 아니고, 취미 삼아 두는 아마 초단 실력으로
는 턱없는 기대였다. 기력은 답보 상태였다. 뜻하는 바는 크나 너
무 늦고 쉽게 달성할 수 없어 두려웠다. 해는 지고 갈 길은 먼, 그
야말로 일모도원(日暮途遠)의 심정이었다.
   커서 무엇이 될지 막막했다. 마틴 루터 킹 목사는 사람이 목숨을
걸 만한 어떤 것을 발견하지 못하면 인생을 살 자격이 없다고 했는
데, 내게는 아직 오리무중이었다. 전지전능한 분이 나타나서 '너는

이곳에 재능이 있으니, 여기에 그물을 던져라' 하고 예언을 해줬으면…… 노래 가사처럼 내가 여기 있는 이유가 분명히 있을 텐데, 그 이유가 무엇인지 아직 알 수 없었다.

　묵묵히 흐르는 강물에도
　우리 앞에 무감한 바람에도 이유가 있는데
　나를 믿어줘 날 믿는 마음을 보여줘

　웅장한 사운드 속에서 자기를 믿는 마음을 보여달라는 절규가 반복됐다. 로커의 샤우팅은 벼랑 끝에 선 자의 필사적인 울부짖음에 가까웠다. 후렴구를 듣는데 이상하게 눈물이 차올랐다. 노래는 저 뜨거운 태양 앞에 부끄럽지 않고 싶다고 외치며 기타와 신시사이저의 향연 속에서 끝났다. 왠지 나를 믿어달라는 부탁은 나를 믿게 만들겠다는 다짐보다 처절했다.

# 8

4번국부터는 호선이 아니라 정선으로 치수가 깎였다. 일주일 만의 대국에서 나는 흑을 쥐고 상수인 연희에게 고개를 숙였다. 흑을 쥐고도 진다면 그야말로 체면이 말이 아니었다. 이번 판을 이기면 3대1로 연희의 상승세를 누르고 역전의 발판을 놓기에 충분했다. 나는 어금니를 깨물며 속으로 외쳤다.

'미스 신갈, 역전의 용사가 뭔지 똑똑히 보여주지!'

중반에 접어들자 중앙은 백의 세력이 형성되어 하얀 눈밭 같았다. 나는 중앙 타개를 위해 한발 깊숙이 특공대를 투입했다. 백은 특공대를 제압하려고 흑의 본진과의 연결 지점을 끊으려 했다. 나는 상대의 공격에 거칠게 반격하며 한편으로는 특공대를 아군 진영과 연결시키기 위해 온갖 전략과 전술을 다 동원했다.

무리수를 두는 바람에 악전고투의 연속이었다. 한발 뒤에서 삭감해야 했는데, 욕심이 과한 대가로 머리에서 쥐가 날 지경이었다. 불행 중 다행으로 연희는 수를 잘못 읽는 실수를 저지르고 말았다. 흑의 특공대는 적진을 교란시키고 아군 진영과 기어이 연결되고 말았다.

연결 지점에 착수하자 온몸에 짜릿한 전율이 흐르며 자리에서 벌떡 일어나 만세를 외치고 싶었다. 상황을 역전시킨 것이다. 슬쩍 고개를 들어보니 연희는 윗니로 아랫입술을 꾹 깨물고 있었다.

보복을 감행하듯 그녀는 특공대를 연결하느라 약해진 나의 우변을 박살내며 쳐들어왔다. 이후 그녀는 한 번도 선수(先手)를 뺏기지 않으며 정밀한 타격으로 추격전을 벌였다. 양쪽에서 한 치라도 어긋나게 수를 놓으면 전세가 뒤바뀌는 아슬아슬한 국면의 연속이었다.

안타깝게도 끝내기에서 나는 큰 곳을 놓치는 최후의 실수를 범하고 말았다. 연희가 두고 나자 아차, 하며 한 수만 무르자고 애원이라도 하고 싶었다. 나는 바둑통의 나무 뚜껑을 들어 이마를 힘껏 후려쳤다. 연희가 풋, 하고 어깨를 들썩이며 웃었다.

쌍방이 수를 잘못 보아 역전에 역전을 거듭한 판이었다. 연희의 상승세를 누르기는커녕 점점 커지는 그녀의 기세에 쪼그라드는 형국이었다. 반상은 두 집 차이로 백의 승리였다. 백의 사석(死石)이 한 알만 있어도 서로 비기는 아쉬운 승부였다.

십번기 전반전 마지막 판에 해당하는 5번국에 임하는 나의 각오는 비장했다. 이기면 다음을 기대할 수 있지만, 지면 흑을 잡고도

2연패이므로 벼랑에 내몰리는 상황이어서 나로서는 배수진을 치는 심정이었다. 5연패를 당하면 6번국에 대한 부담이 엄청날 게 뻔했다. 연희가 승세를 타고 6연승까지 가면 나를 두 점 아래 하수로 잡아놓고 퍼펙트게임으로 십번기를 종료하는 셈이었다.

세 귀의 집을 지키고 중앙을 치고 들어가는 게 주요 전략이었다. 격언대로 '3귀〔隅〕에 통어복(通魚腹)이면 승리'였다. 화투로 치면 광(光) 세 장과 쌍피를 들고 치는 것과 같은 승률이었다. 제한된 바둑판의 공간에서 한쪽이 그 정도의 영역을 확보하면 상대는 진 것과 다름없었다. 나는 계획대로 포석을 진행했다. 그리고 필사적으로 세 귀의 집을 지켰고 틈을 봐서 돌을 중앙으로 띄웠다.

연희는 세 귀를 차지하려는 내 작전을 굳이 방해하지 않았다. 대신 어깨를 밟아 압박하고 집요하게 삭감해서 귀를 정말 작게 내어주고 자신은 변(邊)을 확보했다. 내가 원하는 대로 해주되 최소한으로 해주면서 자신은 최대한 누렸다.

계가를 하니 연희가 41집, 내가 40집이었다. 몇 번을 세어도 한 집 차이였다. 혹시 사석 하나를 흘리지 않았나 해서 바둑통을 들고 주위를 샅샅이 살펴보았다. 너무 화가 나니까 몸에서 후끈 열기가 뻗치며 등에서 고무 타는 냄새가 났다.

결과적으로 5연패였다. 바둑통을 바둑판 위에 올려놓고 인사를 할 때, 나는 고개를 숙이며 그대로 바둑판에 이마를 쿵, 하고 찧었다. 고개를 들자 전적표에 빨간 매직으로 사선을 긋던 연희가 놀란 눈으로 쳐다봤다. 연희의 이름 옆에는 '파란 O'가 다섯 개, 내 이름 옆에는 '빨간 X'가 다섯 개였다. 연속된 다섯 개의 '빨간 X'는 이런 메시지를 전하는 듯했다.

'네 바둑은 이제 가망이 없어. 사망이야!'

나는 그대로 다시 허리를 접어서 이마가 깨질 정도로 바둑판을 세게 찧었다. 십번기는 목숨을 걸고 두는 것이라는 말이 비로소 이해가 됐다. 어느새 장 사장이 다가와서 놀려댔다.

"이야, 빈삼각, 5대 빵이네, 5대 떡! 인마, 더는 떼버릴 불알도 없겠다."

일패도지(一敗塗地)로 여지없이 땅바닥에 고꾸라져 박힌 것과 다름없었다. 간과 뇌가 모두 쏟아져 나와 진흙탕을 나뒹구는 참담함에 나는 고개를 들었다가 또 이마를 바둑판에 찧었다. 머리가 아픈 탓인지 아니면 비참한 탓인지 눈물이 핑 돌았다.

힘없이 가방을 메고 기원을 나설 때, 사범님이 양 어깨를 두드리며 말했다.

"훈아, 괜찮아. 아직 다섯 판이나 남았잖아."

아직 다섯 판이 남아서 역전의 희망이 보이기보다 다섯 판까지 갈 수나 있을지 의문이었다. 바로 한 판만 지면 퍼펙트게임의 희생양이었다. 나는 사범님과 눈도 마주치지 못하고 머리를 떨군 채 문을 열고 나왔다. 그녀의 검지 손톱이 바둑돌에 얼마나 반질반질 닳았는지 진즉 알아봤어야 했다.

뒤에서 연희가 따라오며 내 이름을 불렀다.

"야, 정훈."

목소리를 듣고도 나는 멈춰 서지 않았다. 고개를 떨어뜨린 채 그렇게 한참을 걷는데, 매교 다리 앞에서 그녀가 내 앞을 막아서며 물었다.

"넌 왜 바둑을 두니?"

난데없고 자칫 기분 나쁜 물음이었다. 그녀가 다섯 판을 이긴 탓인지 몰라도 그녀는 물을 권리가 있고 나는 대답할 의무가 있었다. 더는 그녀를 미스 신갈이라고 부를 수도 없었다. 요청만 하면 '연희 누나' 혹은 '상수님'으로 모셔야 할 판이었다. 나는 이기기 위해서, 인정받기 위해서 둔다고 대답하려다가 입을 꾹 다물었다.

"아니, 이거부터 묻는 게 낫겠다. 넌 바둑이 뭐라고 생각해?"

연희가 다시 물었다. 나는 고개를 들고 차분히 대답했다.

"지금은 별로 말할 기분이 아니고 내일 얘기할게."

다음 날 나는 메모지에 내가 생각하는 바둑에 대해 짧게 써서 바둑판 아래 넣어두었다. 그리고 시간이 나면 그곳을 보라고 연희에게 말했다. 며칠 후 그곳을 들추니 연희가 남긴 메모지가 보였다.

9

　장 사장은 바둑 매너가 지저분하기로 악명 높았다. 바둑통에서 바둑알 딸그락거리기, 두 손 안에 바둑알 넣고 칵테일 섞듯이 요란하게 흔들기, 다리 떨어서 바둑판 위의 바둑알 흔들기, 담배 연기 내뿜기, 거친 욕설로 상대방 기죽이기, 손끝이나 옷깃으로 착점된 바둑알 흩어뜨리기 등 하지 말아야 할 악습들을 일부러 수집해서 몸에 익히려는 의지가 대단했다. 상대방이 수읽기를 하면 낮은 단계에서부터 그런 행동을 뻔뻔하게 발휘했다. 자신이 가장 불리하고 상대가 가장 중요한 수를 두는 결정적인 순간에는 모든 악습이 한꺼번에 동원됐다.

　일요일 오후 기원에 도착했을 때는 그런 장 사장과 연희의 대국이 한창이었다. 흑을 잡은 연희는 백을 쥔 장 사장의 두 점 머리를 세차게 두드렸다. 머리를 맞은 백이 젖히며 반항하자 연희는 한 번

더 세게 이단젖힘으로 응했다. 통쾌한 일착이었다.

장 사장은 시종일관 연희의 돌에 시비를 걸었다. 틈만 나면 돌을 무조건 갖다 붙이고 기회가 되면 바로 끊어버렸다. 그때마다 연희는 침착하게 늘거나 가볍게 뛰었다. 장 사장이 기대기 전술로 밀어붙이자 그녀는 못 이기는 척 몇 수 기어주다가 과감히 몸을 빼서 반대편에 착수했다.

연희의 행마는 예리하고 날렵했다. 장 사장이 모자를 씌우면 연희는 날일 자로 가볍게 벗어냈다. 그가 들여다보면 그녀는 이었고, 껴붙이자 탄력 넘치는 마늘모 행마로 따돌렸다. 흥분한 장 사장이 무작정 잡자고 달려드니 연희는 밭전(田) 자로 보폭을 넓혀 빠져나갔다. 백은 이때다 싶은지 그곳을 찌르며 들어갔다. 힘만 믿고 철퇴를 휘두르며 뛰어든 셈이었다.

"신물경속(愼勿輕速)."

백의 과수(過手)에 옆에 앉은 고 형이 고개를 저으며 사자성어로 짧게 말했다. 바둑의 십계명인 위기십결의 7계명으로 경솔하게 서둘지 말고 신중히 대처하라는 뜻이었다.

국지전이 벌어지자 연희는 상대방과 맞붙어 치열하게 싸웠다. 피가 튀는 대결이었다. 화가 난 장 사장은 송두리째 때려잡을 기세로 덤벼들었다. 마치 맥의 가닥가닥을 뭉개버릴 기세였다. 붕붕 바람을 가르며 장 사장이 마구 휘둘러대는 철퇴를 연희는 타다닥 경쾌하게 걷어내거나 우아하게 피해 다녔다.

허리를 꼿꼿이 세운 연희가 봉긋한 가슴을 내밀고 앉은 모습은 눈길을 끌었다. 희고 고운 손은 장 사장의 검고 투박한 손과 비교되었다. 그 길고 가는 손가락으로 상대방 돌의 급소를 겨누는 모습을 보면 심장이 뛰었다. 한곳을 주시하며 무섭게 수읽기에 몰입하는 표정은 묘하게 매력적이었다.

"아, 성동격서(聲東擊西)!"

미리 수를 읽은 형이 감탄사를 질렀다. 연희는 우상귀의 돌을 위협하는 듯했지만 기반이 마련되자 신속히 손을 빼서 좌상귀의 돌에 치중했다. 오른쪽 훅을 먹일 듯하다가 상대가 가드를 올리며 움츠리자 번개처럼 왼 주먹으로 어퍼컷을 올려붙인 셈이었다. 턱에 강펀치를 급습당한 장 사장은 정신을 잃고 휘청거렸다.

"피강자보(彼强自保)."

형이 사자성어를 마치 중국 무술 영화에 나오는 과장된 중국어 억양으로 말해서 연희와 나는 웃음을 터뜨렸다. 상대가 강하면 스스로의 안전을 먼저 도모해야 하는데, 장 사장이 이에 밝지 못함을 야유한 거였다.

장 사장의 미간에 굵은 주름이 잡혔다. 장 사장은 시끄럽다는 듯 형을 잠깐 노려보았다. 그리고 바둑알을 깨뜨릴 듯 세게 놓으며 우변의 미생마를 위협했다. 연희는 대범하게 우변 미생마에서 손을 떼어 빠르게 중원을 장악했다. 우변 미생은 뒷맛이 고약해서 장 사장은 숨통을 확실히 누르려고 한 수를 더했다. 형이 장 사장의 패착을 지적했다. 돌은 잡았으나 대세를 놓친 것이다.

"어허, 소탐대실(小貪大失)!"

연희는 잠깐 고민하더니 중원 진입의 유일한 통로인 백 돌에 모자를 덮어씌워 출구를 봉쇄했다. 중앙이 새까맣게 변했다. 승부를 가르는 엄청난 바꿔치기가 예상되었다. 빠르게 계가를 한 고형이 말했다.

"우리 연희 잘한다. 이거야말로 사소취대(捨小取大)."

작은 것은 버리고 큰 것을 취한 연희의 전략을 칭찬하는 말이었다. 장 사장은 담배를 뻑뻑 연거푸 빨아들이더니 연기를 한꺼번에 바둑판 위에 후, 하고 내뿜었다. 연희는 눈이 매운 나머지 고개를 돌리며 콜록거렸다. 연희 옆에 앉은 형도 짜증스럽게 손바람으로 연기를 날리며 엉터리 중국 억양으로 네 글자를 외쳤다.

"매너 짜장!"

나도 전에 당했던 장 사장의 '연막작전'이었다. 장 사장은 그 틈을 타서 언뜻 납득할 수 없는 곳에 슬그머니 돌을 놓았다. 그런 수는 대개 비약이 심하거나 몇 수 뒤의 착점을 미리 해두고 억지로 이어 맞추는 암수(暗手)였다. 연희가 일고의 가치도 없이 손을 빼어 호구(虎口)되는 자리의 맥을 짚자 장 사장은 급소를 맞은 듯 순간 얼굴이 일그러졌다. 소리는 들리지 않았지만 형과 나는 장 사장의 입에서 욱, 하는 비명이 들리는 듯해서 마주 보며 싱긋 웃었다.

"공피고아(攻彼顧我). 먼저 자기를 돌보고 상대를 공격하라 하였거늘. 사장님, 깜빡하셨네!"

장 사장은 바둑알을 바둑통에 힘껏 내던지며 버럭 고함을 질렀다.

"그 입 닥치지 못해! 애들 앞에서 창피 한번 제대로 당하고 싶어?"

알았다는 듯 형은 손을 한번 들더니 자리에서 일어났다. 그러고는 끝까지 그 우스꽝스러운 무협 영화 톤으로 중얼거렸다.

"조이구승자 다패(躁而求勝者 多敗)."

고 형은 맨 처음 연희와의 대국에서 질 때 장 사장에게 받은 수모를 제대로 갚는 듯했다. 두 사람의 신경전은 매번 대단했다. 바둑 십훈의 격언으로, 조급하게 이기려다가 오히려 지는 경우가 많다는 말이었다. 중반전이 지난 상황이어서 승패는 결정 난 것과 다름없었다.

연희는 근거리에서 상대방과 맞붙어 싸우는 단병접전에도 강했지만 끝내기 실력은 소름이 끼칠 정도였다. 그야말로 큰 곳에서부터 작은 곳까지 차근차근 선수를 한 번도 빼앗기지 않고 한 치의 오차 없이 두어 나갔다. 집 수 차이로 내기의 판돈이 달라지는 방내기 바둑으로 훈련한 내공이었다.

"젠장, 기절초풍할 노릇이군."

장 사장이 고개를 저으며 신음하자, 좀비 같은 그의 패거리들이 반상 주위로 모여들었다. 나도 자리에서 일어났다.

연희와 장 사장이 계가를 하는 동안 나는 기둥 뒤의 자리로 돌아와 앉았다. 바둑판을 살짝 들쳐 그 밑에 손을 넣었다. 중지 아래 뭔가가 잡히자 나도 모르게 입가에 미소가 잡혔다. 곱게 접힌 분홍색 메모지를 펼치자 이런 글씨가 보였다.

'전투? 그래도 바둑과 사랑은 서로 마주 보며 하는 거야. 혼자서는 할 수 없잖아.'

메모지 한쪽에는 하트 모양의 뼈다귀를 문 스누피 그림이 그려져 있었다. 느닷없이 웃음이 터져 나왔다. 바둑과 사랑을 연결한 것만으로도 왠지 겨드랑이 한쪽이 간질거렸다. 며칠 전 '일단 시작되면 두 사람 외에 누구도 끼어들 수 없는 것. 그 누구도 간섭할 수 없는 둘만의 대화이자 전투'라고 내가 쓴 메모에 대한 연희의 답신이었다.

나는 가방에서 수첩을 꺼내어 그 내용을 옮겨 적었다. 분명히 어디서 주워들은 것이 대부분일 테지만, 5번국 이후 우리는 바둑에 대한 각자의 생각을 메모지에 적었다. 서로 직접 말을 하는 대신 짧은 필담을 주고받은 것이다. 나는 '훈희 10결'이라 제목을 붙이고 그동안 정리한 것들을 눈으로 읽었다.

— 바둑은 서로 번갈아가며 한 번씩만 두는 거야. 힘이 세고 돈이 많다고 해도 두 번 둘 수 없어. 반대로 응수할 자신이 없거나 실력이 없다고 해서 한 번을 안 두거나 건너뛸 수 없어.

— 맞아, 한 판이 끝날 때까지 우리는 도망치지 않고 150수가량을 방어하거나 공격해야 해. 그 누구의 도움도 받을 수 없으니까 혼자서 끝까지 책임져야 해.

— 19줄 바둑판은 약 2천 년 전부터 사용됐어. 인간이 만든 놀이 중 가장 변화무쌍하고 가장 고요한 동작을 결합한 것.

— 그래, 바둑판은 무한대의 공간이고 또 다른 우주야. 우리가

즐기는 놀이 중 수학적으로 가장 복잡한 종목이어서 누구도 쉽게 예측할 수 없어. 돌아가신 우리 아빠 최 사범이 자주 하신 말씀.

— 실력은 경력이나 학연, 혈연, 지연과 아무런 상관이 없어. 오로지 승부에 의해 결정돼. 기력과 성적은 높으면 높을수록 우월한 거야. 이건 어깨너머 8급인 우리 아버지 말씀.

— 바둑이 멋있는 건 상황을 타개할 묘수가 언제든 있다는 거야. 근데 그건 오직 실력 있는 사람의 눈에만 보여. 실력 좋은 사람은 곧 시력 좋은 사람.

— 집중력을 잃으면 패착을 두게 돼. 반대로 어깨에 너무 힘이 들어가면 지고 말아. 힘을 적당히 빼는 게 곧 실력.

— 한 판이 끝나면 돌을 거둬서 바둑판을 비워야 해. 그래야만 다음 대국을 할 수 있어. 이전 판의 돌을 비워내지 않으면 새로운 게임도 없는 거야.

— 바둑은 돌을 버릴 때조차 선수를 다투는 기자쟁선(棄子爭先)을 가르쳐줘. 다급한 상황에서도 가장 먼저 해야 할 것을 찾으라는.

— 오직 손으로만 나누는 대화. 나는 말소리보다 그 손의 움직임으로 얘기하는 게 더 좋아. 말을 잘 못해서일까?

## 10

중간고사 음악 실기 평가는 '자신이 평소 즐겨 부르는 노래'였다. 여자 음악 선생은 남자 미술 선생과는 달리 '날개 없는 천사'로 통했다. 그녀는 우리들에게 무엇이든 허용했고 어떤 일에도 웃음을 잃지 않았다. 음악실 앞을 넓힌 무대에 피아노, 기타, 하모니카, 탬버린, 캐스터네츠, 작은북, 카세트 플레이어 등의 악기와 도구를 갖추어놓고 노래할 때 편하게 이용하라고 했다.

10월의 첫 주는 앞 번호 아이들이 했고 둘째 주는 뒷 번호였다. 노래는 중간 번호가 넘어가자 스케일이 커지기 시작했다. 교회에서 반주를 맡는 여학생이 피아노를 치며 최덕신의 가스펠 송 「나」를 부르자 크리스천이건 아니건 간에 아이들은 경건하게 그 노래를 따라 불렀다. 통기타를 연주하며 비틀스의 「예스터데이」를 부른 한 녀석은 여학생들의 갈채를 받았다.

성민이는 준비를 단단히 했는지 패거리들과 함께 댄스 그룹 '소방차'의 노래를 틀고 안무를 짜서 교실을 환호성으로 채웠다. 나는 그룹 '들국화'의 노래를 하려다가 무리수인 듯하여 교과서에 나오는 가곡 「그 집 앞」을 불렀다. 얼굴이 빨개져 노래를 마쳤을 때 학생들은 지루한 표정으로 드문드문 박수를 쳤다.

마지막 번호는 전학생 연희였다. 수업을 마치는 종이 울려서 아이들은 산만하고 부산스러웠다. 연희는 앞으로 나가서 인사도 하지 않고 카세트테이프를 끼우더니 볼륨을 아주 높이 올렸다. 플레이 버튼을 누르자 마치 기관총 소리 같은 드럼 연주와 함께 빠른 댄스곡이 흘러나왔다. 무슨 곡인지 벌써 눈치를 챈 여학생들이 박수를 치며 꺄악, 하는 괴성을 질렀다.

연희는 정면을 주시한 뒤 양팔을 벌리고 골반을 좌우로 흔들며 디스코 리듬을 타기 시작했다. 한창 유행인 김완선의 「리듬 속에 그 춤을」이었다. 그 여가수가 티브이에 나오면 아버지는 채널을 돌려 국악 방송을 봤다. 연희는 부드럽게 허리를 움직여 웨이브를 만들고 비트에 맞추어 가슴을 내민 뒤 어깨를 튀겼다. 무엇에 취한 듯한 표정은 평소와는 완전히 달랐다.

"리듬을 쳐줘요! 리듬을 쳐줘요!"

상상할 수 없는 카리스마였다. 앞줄의 아이들은 발을 동동 구르고 뒷줄의 아이들은 전부 의자 위로 올라가서 손을 들고 소리를 질렀다. 교실은 그야말로 열광의 도가니였다. 연희는 앞으로 뻗은 손가락을 말아 쥐며 가슴으로 끌어들이더니 머리칼을 흩날리며 멋지게 한 바퀴를 돌았다.

"멋이 넘쳐흘러요! 멈추지 말아줘요!"

아이들의 비명에 음악실이 들썩거렸다. 수업이 끝난 다른 반 아이들은 전부 교실의 창과 문에 다닥다닥 들러붙어 있었다. 벽에 걸린 베토벤, 모차르트, 헨델, 바흐의 초상화도 연희의 춤을 내려다보았다. 춤을 추는 그녀의 몽롱한 시선이 내 쪽으로 향하자 등골이 후끈했다. 기원에서 함께 십번기를 두던 사람이 아니었다.

"리듬 속에 그 춤을! 춤을!"

연희가 힘차게 한 팔을 뻗으며 엔딩 자세를 취하자 환호성과 함께 모두 일어나서 박수를 쳤다. 음악 선생님은 활짝 웃으며 엄지를 추켜올렸다. 그리고 땀을 흘리는 연희에게 손수건을 건넸다. 신이 난 옆자리의 성민이가 팔꿈치로 내 가슴을 찍었다.

"우와, 김완선까진 아니어도 김원손 정도는 된다. 그치?"

나는 참았던 숨을 길게 내쉬었다. 누군가가 심장을 꽉 틀어쥐고 있다가 곡이 끝나서야 천천히 풀어준 기분이었다. 원곡 가수는 저 정도로 나를 조마조마하게 만들지는 않았다. 반장으로서 선생님께 수업 종료 인사를 할 필요도 없이 아이들은 앞으로 몰려나가 연희를 에워쌌다.

"무슨 가사가 저래? 노래를 해야지 왜 춤을 춰?"

정신이 들자 나는 노트와 음악 교과서를 들고 자리에서 일어나며 고개를 도리도리 저었다. 어느새 손에 흥건히 고인 땀을 바지춤에 문질렀다. 연희가 저런 노래를 평소 즐겨 불렀다니 정말 알다가

도 모를 아이였다. 교실로 돌아가는 내 뒤에 대고 성민이가 투덜거
렸다.

"우쒸, 저 새낀 좋으면서 꼭 저래."

## 11

'한 집을 지면 휴식을 취하라'라는 격언을 지키듯 5번국에서 한 집 패를 당한 후 연희와의 십번기는 잠시 중단되었다. 그사이에 중간고사가 지나갔다. 단풍잎이 끝에서부터 붉게 물들기 시작하고 나무에 달린 모과가 초록에서 노란색으로 바뀌었다. 아침저녁으로 차가워진 날씨 탓에 점퍼를 꺼내 입었다. 저물녘 찬바람이 불면 이상하게 쓸쓸한 기분이 들었다.

중간고사를 마칠 때까지 기원 출입이 뜸했다가 다시 바둑판으로 돌아오자 사범님은 우리들과 다면기(多面棋)로 삼번기를 두었다. 저쪽에는 사범님 혼자 앉고 이쪽에는 연희와 나와 고 형이 앉았다. 우리는 모두 세 점을 깔았다. 벽에는 삼번기 전적표가 사절지에 크게 나붙었다.

사범님의 검지 손톱은 돌에 닳아서 반질반질했다. 그리 큰 체구가 아님에도 바둑판을 두고 마주 앉으면 거대한 바위 한 채가 앞을 막아선 듯 위압감이 몰려왔다. 30년 가까이 바둑돌을 잡은 손끝은 집게처럼 굽었는데, 그 손으로 돌을 놓을 때마다 육중한 망치로 정수리를 내리치듯 머릿속이 쾅쾅 울려댔다.

사범님은 싸움이 이로운지 해로운지 판단이 빨라서 공수 전환이 신속했다. 국면의 형세는 분명히 허(虛)와 실(實)이 있게 마련인데, 언제나 사범님의 행마는 실하고 내 것은 허한 기분이 들었다. 사범님의 착점은 처음부터 끝까지 선수이거나 정수인 반면 나는 후수이거나 악수 같았다.

대국 풍경은 어미 닭이 세 마리의 병아리를 앞에 두고 모이를 주는 모양과 흡사했다. 어미 닭이 각자의 바둑판에 백 돌을 뿌리면 흑을 쥔 우리들은 고개를 숙여 응수했다. 고요한 가운데 사범님이 탁, 탁, 탁, 하고 착수하면 우리 셋이 손끝으로 바둑판을 쪼는 소리가 타다닥 하고 들렸다.

"다면기 전적표 기록은 훈이가 해."

첫 대국을 마치자 사범님은 손수건으로 이마의 땀을 닦으며 나를 가리켰다. 다면기 1번국에서 우리 셋은 추풍낙엽처럼 우수수 날아갔다. 한 사람이 대국자 셋을 잡는 이른바 '일타삼매(一打三枚)'였다. 나는 빨간 매직으로 우리 셋의 이름 옆에 'X'표를 그었다. 패배의 동류의식 탓인지 우리 셋은 마주 보며 어이없이 웃었다.

사범님은 수원시청 공무원으로 근무하며 한 시절 아마추어 대회의 승부사로 이름을 날렸다. 한편으론 엄중한 무사 같고 한편으론 진지한 선비 같아서 기풍(棋風) 또한 냉정하고 차분했다. 우리 셋을 상대하는 방식을 보니 그가 얼마나 뛰어난 전략가인지 단번에 알 수 있었다. 우선 전투 바둑에 강한 연희의 돌을 일찌감치 맹공으로 제압해서 불계승을 얻은 후에 고 형의 지능 바둑에 비중을 두었다. 유순한 내 바둑에는 유순하게 대응했다.

나는 사범님과 삼번기를 두며 '바둑 십조'의 심국(審局)과 도정(度情)이 무슨 말인지 다시 생각했다. 심국은 국면의 형세가 어느쪽이 우세하고 약한지를 자세히 살펴서 조급히 굴지 말고 적당한 방법을 취하는 게 승리의 길이라는 뜻이었다. 도정은 고요하면 그 속마음이 드러나지 않는 것처럼 바둑을 두는 데도 침묵하여 이편의 마음을 저편에 보이지 않으면서 여유 있는 경기를 운영하라는 지침이었다. 그는 두 가지 조항의 중요성을 실전에서 몸으로 직접 보여줬다.

흥미로운 건 바둑돌을 쥔 손을 보면 그 사람의 성격이 드러나는 점이었다. 사범님은 강한 힘을 가지고 있으나 그것을 절제하고 조율하는 모습이 역력했다. 연희는 당돌하면서도 유려했다. 힘을 들이지 않으면서도 착수가 매서웠다. 고 형은 손짓이 날렵했으나 학구적인 풍모는 별로 느껴지지 않았다. 곧 마술을 부려서 바둑알을 사라지게 하거나 한 움큼 불러올 듯한 형의 손에서는 항상 싸구려 화장품 냄새가 났다. 나는 내가 봐도 자주 머뭇거리거나 착점을 망설였다. 연희가 '경로당 바둑'이라 놀려도 부인할 수 없는 이유였다.

사범님과 세 번 대국을 해서 나는 1승 1무 1패를 기록했다. 두번째 판에서는 큰 빅이 났고 세번째 판에서는 가까스로 세 집을 이겼다. 나쁘지 않은 성적이었다. 고 형은 1승 2패였다. 다음을 기대할 만한 창피하지 않은 승률이었다.

그런데 연희는 세 판을 모두 패했다. 이 사실이 내게는 좀 충격이었다. 연희는 중앙기원에 발을 들인 순간부터 지금까지 모든 대국에서 전승을 기록했다. 그야말로 최고 기량을 발휘하는 다크호스로 떠올랐다. 사범님은 고삐가 풀린 채 무섭게 내달리는 야생마의 잔등에 올라타서 제대로 재갈을 물린 셈이었다. 연희도 패한다는 것을 나는 'X'표를 세 개나 그으며 손으로 인식했다.

다면기 대국이 이틀에 한 번씩 열리던 그 일주일은 행복했다. 사범님과 우리 셋은 전보다 훨씬 친해지고 두터운 유대감을 형성했다. 기원의 여러 사람들이 그 진지하고 따뜻한 분위기를 부러워하며 음료수를 가져다주었다.

"자, 그럼 뭘 먹으러 갈까? 가장 성적이 좋은 훈이가 말해봐."

삼번기의 복기를 마치자 사범님은 함께 저녁을 먹자고 했다. 뜻밖의 선택권에 나는 짜장면이 먹고 싶다고 말했다. 고 형은 저녁이니까 아무래도 김치찌개 백반이 좋을 것 같다고 끼어들었다. 사범님은 뭘 고르면 좋을지 망설이다가 연희에게 물었다.

"연희는 짜장면과 김치찌개 중 뭘 먹고 싶니?"

"저는 햄버거가 먹고 싶어요. 밀크셰이크하고."

망설임 없는 연희의 쾌활한 대답에 사범님과 나와 형은 동시에 연희를 바라봤다. 짐작건대 우리 중 햄버거와 밀크셰이크를 먹어본 사람은 없었다. 최소한 저녁으로 그걸 먹어본 사람은 없었다. 세 남자가 눈을 마주치며 고개를 갸우뚱하자 연희가 종지부를 찍었다.

"에이, 짜장면과 김치찌개는 흔하잖아요. 오늘은 삼번기를 마친 특별한 날이니 특별한 걸 먹어야죠."

결국 우리는 팔달문 옆에 얼마 전에 들어선 롯데리아로 갔다. 이런 곳은 모두 처음인 듯 묘수풀이 문제를 대할 때처럼 심각하게 메뉴를 주시했다. 몇 분 만에 주문한 음식이 나오는 건 신기했다. 그리고 각자 플라스틱 접시에 햄버거, 밀크셰이크, 프렌치 포테이토를 담아 2층의 통유리창 옆에 모여 앉았다.

환하고 깨끗한 실내에서는 경쾌한 음악이 흘러나왔다. 매끄러운 타일이 깔린 패스트푸드점은 창밖의 고색창연한 팔달문과 오밀조밀한 재래시장과는 묘한 대조를 이루었다. 얼마 전만 해도 시위대가 운집하고 최루탄이 터지던 곳이었다.

햄버거는 너무 작아서 몇 번을 베어 먹으니 금방 없어졌다. 짜장면과 김치찌개보다 가격은 비싸면서 양은 적었다. 얼음이 뒤섞인 달콤한 우유와 그것은 잘 어울리지 않았다. 특별한 날의 특별한 음식이라고 하기에 약간은 어색한 저녁이었다. 연희는 세 판을 지고도 가장 맛있게 햄버거를 먹었다.

고 형은 자기 것을 벌써 다 먹고 내 포테이토를 케첩에 찍어 먹다가 물었다.

"바둑을 그만두지 않고 끝까지 할 수 있는 힘이 뭐예요?"

사범님은 잠시 생각하다가 입을 열었다. 먹는 모습은 본 적이 없는데, 사범님의 접시는 깨끗하게 비어 있었다.

"도망가지 않고 마지막까지 둘 수 있는 힘은 결국 유희에서 나와. 이게 어려운 숙제라든지, 완수할 책임이라든지, 막중한 사명이 되면 끝까지 하기 힘들어. 대부분 도망치고 싶지. 그러니까 끝까지 놀아야 하고 마지막 순간까지 유희여야 해."

그새 형은 내 포테이토를 다 먹고 냅킨으로 손가락의 기름을 닦으며 물었다.

"결국 끝까지 놀라는 말인데, 끝까지 놀기도 쉽지 않잖아요? 좀 특별한 마음을 가져야 하나요?"

"어떤 마음을 가지려 애쓸 필요는 없고, 차라리 마음을 비워야 해. 승부에 집착하면 손가락에 쥔 돌이 쇠처럼 무거워져. 반대로 마음을 비우면 어느 순간 돌이 반짝거리지, 유리알처럼."

사범님은 씽긋 웃으며 옛날에 한창 승률이 좋을 때 그런 경험을 했다고 했다. 형과 연희는 고개를 끄덕였지만 나는 무슨 뜻인지 잘 이해할 수 없었다. 집에 가서 엄마에게 저녁을 차려달라고 할까 말까가 당장 더 고민이었다. 연희는 나보다 국어 점수는 낮았지만 다른 사람의 말을 훨씬 잘 알아들었다. 알아들을 뿐만 아니라 그 말에 적절히 반응했다. 다만 나는 바둑돌이 유리알처럼 반짝거린다는 표현이 좋아서 조용히 웃었다.

롯데리아를 나와서 우리는 기원까지 함께 걸었다. 그리고 사범님과 형에게 인사를 하고 헤어졌다. 중동사거리에서 횡단보도를 건너 수원극장을 지날 무렵, 나는 물었다.

"연희야, 너 혹시 한자로 '유희' 쓸 줄 알아?"

"아니."

연희는 망설임 없이 바로 대답했다.

"근데 너 유희라는 말 알아들었어?"

"응, 즐겁게 놀라는 거잖아. 오래 두려면 바둑을 끝까지 즐기라는 거잖아?"

나는 발걸음을 멈칫했다. 나는 한자로 '유희'를 쓸 줄 알았지만, 사범님의 얘기가 그런 뜻인 줄은 몰랐던 것이다. 연희의 말을 들으니 오히려 쉽게 이해됐다.

"연희야, 근데 너 세 판을 내리 지고도 기분 안 나빠?"

"항상 이길 순 없어. 근데 항상 즐길 순 있잖아. 즐겼는데, 왜 기분이 나빠?"

연희는 전혀 그렇지 않다는 듯 고개를 가로저었다. 나는 놀라서 눈을 크게 뜨고 물었다.

"너 정말 져도 억울하거나 그렇지 않단 말이야?"

"사범님이 어려운 시간을 내줬어. 그리고 세 번 즐겁게 놀았는데, 왜 억울해? 너는 즐겁게 놀고 나면 억울하니?"

아무렇지 않은 듯한 연희의 대답에 나는 아무 대꾸도 하지 못했다. 매교 다리 끝에 서서 천변 위로 올라가는 그녀의 뒷모습만 한참을 바라보았다. 사범님은 형에게 유희하지 않으면 프로가 될 수 없다고 했다. 연희식으로 해석하면, 이 일을 즐기지 못하면 직업으로 삼지 못한다는 뜻이었다. 왜 연희는 금방 이해하고 나는 매번 뒤늦게 이해하는지 억울했다.

## 12

　고 형은 연희와 삼번기를 시작했다. 사범님이 내게 준 숙제는 기보 작성이었다. 두 대국자가 바둑을 두면 옆에 앉아서 그들의 수순(手順)을 기록했다. 검은 펜으로는 흑 돌의 착수를, 붉은 펜으로는 백 돌의 착수를 표시했다. 나는 연희에게 기보뿐만 아니라 관전기도 짧게 적어주었다.

　─네가 초반에 마술에 걸린 듯 좌하귀에서 빵때림을 당하지 않았더라면 훨씬 유리했겠지. 그런데 너는 그것을 극복하고 중반까지 부지런히 따라잡았어. 더욱이 끝내기에서는 통쾌하게 눌러버렸잖아. 극복의 여신, 밀리지 않았다는 것의 승리, 눌러버림의 쾌거.

　─2번국은 아쉽게 두 집을 졌지만 내용 면에서는 절대 뒤지지 않음. 승자의 환호보다 패자의 이상이 더 소중한 대국. 중반에 홀

림수에 어이없이 말려들어 고군분투했지만 역시 정밀한 끝내기로 막판에 따라붙음. 준재급 기사의 면모를 보여준 한 판!

고 형이 1번국에서 연희에게 크게 패하자 2번국이 문제가 되었다. 지난 첫 대국에서 고 형이 졌기 때문에 2번국에서도 지면 개인별 전적상 3연패의 시비가 붙을 가능성이 있어서 고약한 상황이었다. 상당히 부담스러운 이 판을 형은 간신히 두 집을 이겨서 겨우 방어했다. 3번국에서 연희는 형의 대마를 몰살시키고 불계승을 거뒀다.

기보를 작성하니 눈으로 볼 때와는 달리 돌의 흐름에 집중하게 되고 수가 훨씬 세밀하게 보였다. 미처 몰랐던 발견은 고 형의 이상한 습관이었다. 형은 기원의 출입문이 열리면 반사적으로 고개를 들었다. 아주 힐끔, 빠르게 사람을 확인하고 간혹 쪽문까지 살폈다. 나는 형의 기보에 '기원의 정문과 쪽문을 살피기보다 반상의 부분과 전체를 더욱 살폈다면 몇 번의 실착이 줄었을 것'이라는 의견을 남겼다.

다음 날 연구실 문을 열자 꼭 붙어 앉아 있던 두 사람이 급작스레 떨어졌다. 고 형과 미스 윤이었다. 밀폐된 공간에 퍼진 화장품 냄새가 코끝에 닿자 묘한 기분이 들었다. 형은 연기를 하듯 차분하게 말했다.

"훈아, 너 같은 교양인이 노크도 모르니?"

나는 어색하게 웃으며 책장으로 가서 바둑 책 몇 권을 천천히 뽑아들었다. 미스 윤은 장 사장이 자주 부르는 다방 여자였다. 장 사장은 다른 사람의 시선은 아랑곳없이 그녀의 등과 허리와 다리를 만지곤 했다. 나는 곱게 화장한 미스 윤의 얼굴과 젖가슴과 허벅지를 훔쳐본 적이 있었다. 저렇게 예쁜데, 왜 다방 여자가 됐는지 의문이었다. 연구실을 빠져나오며 문을 닫는 순간, 형의 손이 미스 윤의 치마 밑으로 빠르게 들어갔다.

고 형은 우리나라 최고 명문대 법대생에 외모가 준수해서 인기가 좋았다. 키가 훤칠하고 머리는 늘 웰라폼을 발라 가지런히 빗어 넘겼다. 이발소에 다니는 나와 달리 그는 미용실에 다닌다고 했다. 원장님은 명문대 법대생이 기원에 나와 있는 것을 좋아해서 형에게 기료도 잘 안 받고 밥도 자주 사주는 눈치였다.

간혹 무료해지면 형은 마술을 보여줬다. 바둑알을 양손에 번갈아 쥐다가 어느 쪽에 있는지 맞혀보라고 했는데, 50퍼센트의 확률에도 불구하고 백 번 찍으면 백 번 다 틀렸다. 때로는 흑 돌이 백 돌로 변해 있고 순식간에 돌의 숫자가 불어나기도 했다. 답을 공개하기 전 그는 콧기름을 바르며 이런 주문을 외웠다.

"인쉥이, 인쉐앵이 말이야!"

감탄스러운 건 바둑알을 귓속에 넣었다가 입이나 눈에서 빼내는 마술이었다. 내가 놀란 반면 연희는 그저 피식거리기만 했다. 연희의 반응이 신통치 않자 형은 현란한 손기술로 동전 하나를 순식간에 감췄다가 다시 보여줬다. 카드로는 더 깜짝 놀랄 만한 것들을 한다고 자랑했다. 연희가 조용히 물었다.

"오빠, 왜 그런 걸 연습해요? 이기기 위해서예요?"

"아니, 때론 지기 위해서. 인쉥이 말이야, 지는 게 이길 때도 있거든."

"승률 조작인가요?"

연희가 다시 묻자 형은 고개를 저으며 과장된 중국어 억양으로 대답했다.

"아니, 승률 조절!"

집으로 돌아오는 길에 나는 고개를 갸우뚱하며 연희에게 말했다.

"형 마술 신기하지? 어떻게 그게 귀에 들어갔다가 입으로 나오지? 바둑알을 혀 아래에 숨겨두나? 분명히 입을 벌리면 아무것도 없는데."

"그럼 눈에서 나오는 건 눈에 숨겨두니?"

연희가 쏘아붙이자 나는 다시 갸우뚱했다.

"그러니까 신기하다는 거야."

"이 찐따야, 팔꿈치에 숨기는 거잖아!"

"팔, 팔꿈치에?"

"난 척 보니까 알겠던데. 이런 찐따!"

다리 끝에서 연희는 손을 흔들며 몸을 돌려 사라졌다. 그렇다면 연희는 이미 알고 있었지만 형 앞에서 말하지 않고 참았다는 뜻이었다. 아무렇지 않은 듯 행동하는 데에는 따라갈 자가 없었다. 멀어지는 뒷모습을 보다가 나는 씩씩거리며 소리쳤다.

"야, 찐따라고 하지 마!"

주말 낮에 연희와 내가 앉은 자리에 고 형이 찾아왔다. 자신이 자원봉사로 오늘 기원의 바둑알을 닦으려고 했는데, 갑자기 억울한 사람이 법률 상담을 받고 싶어 해서 급히 나가야 하니 도와줄 수 있느냐는 부탁이었다. 나와 연희는 얼굴을 마주 보다가 고개를 끄덕였다.

"역시 너희들이 도와줄 줄 알았어. 그럼 부탁할게."

형은 기분 좋게 손가락을 튕기며 세척 방법을 알려줬다. 연희와 나는 기원에 있는 바둑알 절반을 양동이에 쓸어 담아서 화장실로 들고 갔다. 우리는 대야 두 개에 흑 돌과 백 돌을 나누어 담았다.

"깨끗이 닦아! 입에 넣고 알사탕처럼 먹을 수 있도록. 훈아, 잠 깐만."

형은 유쾌하게 말하며 내게 잠깐 보자는 손짓을 했다. 밖으로 나가자 형이 내게 미안한 듯 말했다.

"오늘 몸이 좀 으슬으슬한 게 감기가 올 거 같아. 괜찮으면, 네 점퍼 좀 잠깐 빌려 입을 수 있니?"

나는 의자에 걸어둔 점퍼를 갖다 줬다. 내게는 약간 컸으나 형에 겐 잘 어울렸다. 형은 고맙다며 내 머리를 한번 쓰다듬었다. 나는 형이 내게 부탁을 하고 내가 그 부탁을 들어준 게 기분이 좋았다. 형은 몸을 돌려 밖으로 나가려다가 덧붙였다.

"혹시 누가 나 찾으면 모른다고 해. 내 인쉥이 말이야, 성가시게 구는 놈들이 좀 많아."

알았다고 대답하고 나는 형에게 잘 다녀오라며 손을 흔들었다.

그리고 얼른 화장실로 뛰어갔다. 연희는 벌써 대야 두 개에 물을 받아놓고 쪼그려 앉아 있었다. 세제를 푼 대야에 내가 초벌로 바둑알을 닦아서 넘기면 연희는 깨끗이 헹궈서 양동이에 옮겨 담았다. 그렇게 한참을 하니 지루하고 싫증이 났다. 아무래도 바둑알이 너무 많았다.

"연희야, 그렇게 대충하지 말고 잘 헹궈!"

그런데도 연희는 물장난을 치며 아무렇게나 바둑알을 양동이로 옮겼다. 나는 부지런히 한 탓에 일을 끝냈는데, 연희는 반도 끝내지 못한 상황이었다.

"게으름을 피우니까 그렇지."

나는 연희를 돕기 위해 대야를 사이에 두고 그녀와 마주 앉았다. 찬물이 담긴 대야 안에서 손길이 부딪칠 때마다 따뜻하고 부드러운 감촉이 들었다. 연희는 여전히 돌을 대강 헹궜다.

"깨끗하게 해. 입에 넣을 정도로 닦으라고 했잖아."

"더럽긴 뭐가 더러워. 이렇게 깨끗한데?"

내 잔소리를 놀리듯 연희가 메롱 하며, 검은 바둑알을 분홍빛 도톰한 혀 위에 놓고는 길게 내밀어 이리저리 움직였다.

"야, 그걸 진짜 입에 넣으면 어떡해, 더럽게!"

나는 손을 뻗어 그 바둑알을 뺏었는데, 검지 끝에 그녀의 말랑말랑하고 촉촉한 혀가 닿자 감전된 듯 찌릿한 전기가 팔을 타고 가슴까지 전해졌다. 순간이지만 정신이 얼얼할 지경이었다. 잠깐 멈칫하다가 나는 그 바둑알을 물속에 넣고 다시 두 손을 넣어 더 힘차게 헹궈냈다.

작업이 거의 끝날 무렵, 검지 첫 마디가 아릿하며 대야 안의 물이 붉게 변하기 시작했다. 손을 빼니 검지에서 피가 흐르고 있었다.

"아, 어떡해!"

연희가 자리에서 벌떡 일어났다. 깨진 바둑알에 깊이 베었는지 핏줄기는 빠른 속도로 손등과 손목을 타고 팔뚝으로 무섭게 번져 나갔다. 연희는 발을 구르며 어쩔 줄을 몰랐다. 오히려 나는 차분하게 말했다.

"난 괜찮으니까 일단 그 일을 끝내."

연희와 나는 가을 햇살이 들어오는 기원 밖 베란다에 신문지를 길게 펼쳐놓고 젖은 바둑알을 말렸다. 깨끗한 유리알들이 햇빛을 뽀얗게 반사했다. 원장님이 수고했다며 부라보콘 두 개를 가져다 주며 말했다.

"강 사범이 홍식이에게 바둑알 닦기 벌을 준 것 같던데, 어째 너희들이 욕봤다."

"네, 괜찮아요!"

우리들은 합창으로 말하며 형은 다른 중요한 일을 하러 갔다고 대답했다. 연희와 나는 아이스크림을 먹으며 거리를 구경했다. 내 손가락에는 연희가 직접 붙여준 반창고가 둘러져 있었다.

"훈아, 미안. 나 도와주다 그런 거잖아."

"괜찮아. 이 정도야 뭘."

"근데 너 막 피 흘리면서도 잘 참는 모습 정말 멋있더라."

나는 가만히 거리를 내려다보다가 연희에게 말했다.

"근데 우리 십번기 후반전 시작해야 하지 않을까?"

5연패 이후로 한 달이 넘도록 십번기는 멈춰 있었다. 한 집을 지
면 쉬라는 바둑 격언을 너무 오래 지킨 듯했다. 사실 6번국은 서로
에게 큰 부담이었다. 연희는 햇살에 한쪽 눈을 찡그리며 경쾌하게
대답했다.

"그래, 내일부터."

13

　후반전 6번국이 시작되기 전 사범님은 나를 잠깐 연구실로 불렀다.

"십번기의 신화 알지?"

"알죠, 오청원 선생님이시잖아요."

　십번기 시작 이후 오청원은 나의 영웅이 되었다. 그는 15년 동안 벌어진 11회차의 치수 고치기 십번기 대국을 모두 승리한 승부사의 전설이었다. 태평양전쟁 중에 중국인으로서 일본의 정상급 기사 전부를 무릎 꿇리고 기계를 평정한 살아 있는 기성(棋聖)이었다.

"맞아, 오청원은 일본 최초의 9단 후지사와를 상대로 십번기 6국에서 10국까지 5연승을 했어. 알지?"

　나는 고개를 끄덕였다. 사범님은 두 손을 내 양 어깨에 올리며 말했다. 기분을 좋게 하는 적당한 압력이었다.

"너에게도 가능해."

가능할지는 그야말로 미지수이지만 나는 고개를 다시 끄덕였다.

"너는 연희보다 뛰어난 점이 있어. 바로 집중력이야. 눈으로만 집중하지 말고 머리부터 발끝까지 돌을 놓을 지점에 집중해. 그런 착수가 이어지면 네 돌은 살아 움직일 거야. 네 돌이 살면 너도 살아."

사범님의 말씀은 매번 알아듣기 쉽지 않았다. 머리부터 발끝까지 집중하는 법은 잘 몰랐으나 진지한 말씀을 하신다는 것만은 알 수 있었다. "알지?" 하고 물으며 어깨를 두드려서 나는 고개를 끄덕였다.

통산 전적 5전 5패. 이미 흑을 잡고 2연패했기 때문에 이번 판을 지면 두 점으로 치수가 내려가고 십번기는 끝이었다. 나는 지난 5번국처럼 배수진을 치지 않았다. 진다면 연희에게 두 점을 깔고 무릎 꿇을 의향이 있었다. 이제는 내 실력을 솔직히 인정하며 다시 시작하자는 각오였다. 포석이 끝나고 중반으로 접어들 무렵 사범님이 쟁반에 사이다 한 병과 유리잔을 가져왔다.

"시원하게 마셔."

가을빛이 환하게 들어오는 창가에 앉은 터라 잔에 담긴 사이다의 기포 올라오는 모습이 선명했다. 나는 사이다를 조금씩 마시며 건너편을 자주 훔쳐보았다. 연희가 붉은 입술로 유리잔을 가만히 조일 때의 긴장과 액체가 넘어가는 순간 떨리는 목덜미를 엿보았다. 바둑판 너머에서 건너오는 샴푸 냄새와 머리카락을 손으로 넘길 때 언뜻 비치는 연분홍 귓바퀴에도 눈길이 갔다. 바둑판 아래에서 문득 서로의 무릎이 닿거나 발이 부딪치고 스칠 때마다 몸이 찌릿했다.

그러는 중에 나는 손을 뻗다가 사이다 잔을 치고 말았다. 잔은 날아가서 시멘트 바닥에 큰 소리를 내며 산산조각이 났다. 바둑에 몰두하던 어른들이 일제히 얼굴을 찌푸리며 우리 쪽을 쳐다봤다.

갑자기 벌어진 일에 창피한 나머지 나는 꼼짝할 수가 없었다. 원장님과 사범님께 한 소리 들을 걱정부터 앞섰다. 붉어진 얼굴로 난감한 표정을 짓자 연희가 자리에서 일어나 빗자루와 쓰레받기를 가져와서 그것을 빠르게 쓸어 담았다.

"고마워, 연희야."

내가 조그맣게 속삭이자 연희는 별거 아니라는 듯 싱긋 웃더니 차분히 다음 지점에 착수했다. 연희의 행동은 담대하고 침착했다. 그 순간 이상하게도 나는 그녀가 좋아졌다.

끝내기로 갈수록 상당히 미세한 계가였는데, 마지막에 네 패(霸)가 났다. 우리는 팻감을 쓸 필요도 없이 패에 걸린 돌을 번갈아가면서 계속 따냈다. 랠리가 되어 진행이 되지 않자 사범님의 중재 아래 무승부 판정을 받았다. 평생 바둑을 둬도 한 번 나올까 말까 한 네 패가 우리 대국에서 나왔다는 사실이 마냥 신기했다. 전적표의 이름 옆에 파란색 매직으로 세모를 그리며 우리는 마주 보며 웃었다.

"어, 네 세모는 하늘로 날아오르는 새 같다" 하고 나는 말했다.

"정말 그러네. 네 건 유니콘의 뿔 같아."

연희가 말하자 내 세모는 정말 유니콘의 푸른 뿔처럼 보였다. 빨간 'X'표 다섯 개의 행렬 끝에 박힌 쐐기 같기도 했다. 우리는 그 별거 아닌 세모를 보다가 다시 얼굴을 마주하고 낄낄거렸다.

기원을 나와서 우리는 함께 걸었다. 가을 밤바람이 쌀쌀해서 목이 움츠러들었다. 담장 위로 솟은 감나무의 주홍빛 열매들이 탐스러웠다. 모과나무 아래를 지날 때는 숨을 깊이 들이쉬며 그 향내를 맡았다.

"연희야, 넌 어떻게 그렇게 바둑을 잘 두니?"

"사실 나 바둑 둘 때 혼자 두는 게 아니야. 미스터 심플과 미스터 콘슨, 이분들과 함께 둬."

"미스터 심플과 미스터 콘슨?"

"응, 그 형제가 내 양쪽에 앉아서 도와줘. 아주 핸섬하고 스마트하거든."

영문 모를 소리에 나는 그저 웃음이 나왔다. 뚱딴지같은 얘기를 연희는 아무렇지도 않게 계속했다.

"심플 씨와 콘슨 씨는 미시즈 콰이어트가 낳았어. 나는 주로 게임 전에 형제와 콘피 수프를 나눠 먹어."

"콘피 수프? 콘 수프가 아니고?"

"콘피던스 수프를 줄여 부르는 말이야. 이 수프를 먹으면 무서운 게 없거든. 든든하지."

그러고 보니 연희는 다른 과목은 엉망이어도 영어 성적만큼은 우수했다. 교과서를 읽을 때도 미국인처럼 억양과 강세를 정확히 넣으려고 애를 써서 교실을 웃음바다로 만들곤 했다. 나는 호응을 해주느라 능청을 떨며 물었다.

"아버지는 없니?"

"아버지 없는 형제가 어딨어? 심플 씨와 콘슨 씨의 아버지는 그 유명한 넌 커넥션 경이야."

나는 정말 웃겨서 배꼽을 잡으며 맞장구를 쳤다.

"아하, 넌 커넥션 경? 나 그분 알아! 그분은 티브이를 보는 법도 없고 전화도 거의 받지 않으시지."

"물론이지. 그분은 조용한 시간을 소중히 여기셔. 앞에서 누가 훼방을 놓아도 항상 고요하셔. 뵐 때마다 이렇게 손을 모으고 계셨어."

연희는 두 손을 가슴 앞에 모으고 고개를 숙이며 두 눈을 감았다. 아무렇지도 않게 연기를 하는 연희가 귀엽고 예뻐서 손가락으로 양 볼을 잡아당기고 싶었다.

"훈아, 너도 콘피 수프를 나눠 먹을 자매를 만들어. 자신감이 생길 거야."

나는 자신 없다는 듯 말했다.

"이 세계는 모르는 것투성이인데 어떻게 자신감을 가져?"

"무슨 소리야? 지금 네 상황에서는 네가 아는 것만으로 충분해."

연희가 단호하게 말해서 나는 정말 그럴까, 하는 눈빛으로 그

녀를 바라봤다. 연희는 눈을 들어 내 두 눈에 맞추며 자신 있게
말했다.

　"물론이지. 네게 없는 걸 찾으려고 두리번대지 마. 네가 가진 것
만으로도 충분하니까. 존경하는 넌 커넥션 경의 말씀이야."

## 14

7번국을 둘 때는 이상하게 마음이 정돈되고 차분한 기분이었다. 승부를 가리기보다 수담을 나눈다는 표현이 맞았다. 어깨에 힘이 들어가지 않았고 전보다 수가 잘 보여서 얼굴이 편안했다. 나는 처음으로 연희와 여유 있는 바둑을 즐겼다.

우리는 희고 검고 매끄러운 유리알을 상아색 반상 위에 한 수씩 번갈아 두며 치고받고 밀고 당겼다. 쫓으면 도망가고 누르면 뛰어올랐다. 위에서 모자를 씌우면 옆으로 벗고, 이쪽에서 굳히면 저쪽에서 걸쳤다. 한 칸 다가서면 다른 칸으로 벌리고, 붙이면 젖히고 젖히면 뻗었다. 전후의 맥락이 서고 원인과 결과가 보이며 전체와 부분이 조화를 이루는 대국이었다.

계가를 마치자 나는 6집을 이겼다. 운이 좋았던 경기였다. 연희는 지고도 활짝 웃었다. 나도 기분 좋게 웃었다. 우리는 대국을 하면서 처음으로 마주 보며 소리 내어 웃었다. 장 사장이 지나가며 내게 시비를 걸었다.

"야, 빈삼각, 넌 인마, 뭐가 그리 우습냐? 겨우 한 판 이기고서."

나는 대답 없이 고개를 뒤로 젖히고 신나게 웃었다. 자꾸 안에서 웃음이 밀려 나왔다. 고 형도 의아한 듯 다가왔다.

"연희야, 무슨 웃긴 일 있어?"

연희도 대답 대신 어깨를 들썩이며 웃었다. 웃긴 일은 아무것도 없었다. 그러나 무언가 알 수 없는 섞임이 있었다. 수담을 나누는 동안 그녀와 나 사이에 어떤 물길이 나서 그녀 쪽에서 흘러나온 물이 내게 들어오고, 내 안의 물줄기와 섞여 기분 좋게 빠져나갔다. 한쪽이 출렁거리면 그 물살이 이쪽까지 철썩이며 고스란히 전해졌다. 그럼 나도 출렁거리며 그 물살을 돌려보냈다.

바둑알을 거둔 뒤에도 우리는 한동안 앉아서 미소를 지었다. 아직까지도 몸에 어떤 출렁거림이 가라앉지 않은 탓이었다. 다른 사람들은 모르고 오로지 우리 둘만이 공유한 듯한 감정 탓에 연희와 나는 부쩍 친해진 느낌이었다.

기원을 나와서 우리는 곧바로 집으로 가지 않고 먼 길로 돌아서 걸어갔다. 밤거리가 시원해서 걷기에 좋았다. 우리는 국어 선생님이 내준 '진실 게임' 숙제를 했다. 질문 20개가 적힌 프린트에서 다섯 개를 골라 친구에게 물은 뒤 답을 적어오는 것이었다. 조건은 모두 진실한 대답이어야 했다. 내가 먼저 연희에게 질문을 던졌다.

"이 나라로부터 영원히 떠나야만 하는 것과 당신이 사는 도시에서 영원히 한 발짝도 벗어날 수 없는 것, 이 중에서 당신은 어느 쪽을 택하겠습니까?"

"차라리 영원히 떠나는 것을 택할래. 돌아오지는 못해도 어딘가 새로운 곳으로 계속해서 움직일 수 있으니까."

나는 걸으면서 펜으로 간략하게 답을 적으며 괜히 쓸쓸해졌다. 연희가 영원히 떠난다면 그건 비극이었다. 이번에는 연희가 물었다.

"당신은 시합을 할 때 당신보다 강한 사람과 하고 싶습니까? 아니면 약한 사람과 하고 싶습니까? 그리고 다른 사람이 지켜보고 있을 때는 어떻습니까?"

나는 대답을 하지 않고 한참을 걸었다. 질문을 받자마자 장 사장이 떠올랐던 것이다. 그러나 어쩔 수 없이 인정해야 했다. 강해지려면 강한 사람과 시합할 수밖에 없었다.

규칙은 한 친구에게 한 가지만 물을 수 있지만, 연희는 아무렇지 않게 한 가지를 더 물었다.

"진실만을 말하는 마법의 수정 구슬이 있어. 너의 인생과 미래 등 네가 알고 싶은 것을 딱 한 가지 알려줄 거야. 그럼 너는 무얼 물어볼 거야?"

요즘 들어 나는 알고 싶은 게 있으나 그 말을 입 밖에 꺼낼 수 없었다. 연희와 결혼할 수 있는지를 수정 구슬에게 묻고 싶었다. 내가 말을 하지 않자 연희는 진실만을 말해야 한다는 숙제의 조건을 상기시키며 재촉했다.

"나는 이런 꿈을 꾼 적이 있어. 어른이 되어 너를 만나는 거야."

"만나서?"

연희는 빠르게 물었다. 나는 어떻게 돌려 말할지 애를 썼으나 마땅한 표현이 떠오르지 않았다. 연희가 느닷없이 내 얼굴을 보며 말했다.

"나 네가 무슨 말 할 줄 알아."

"아니, 내 꿈을 네가 어떻게 알아?"

"내 꿈속에서 네가 그 꿈을 꾸는 것을 꾸었거든."

뚱딴지같은 말을 하며 연희는 심지어 웃기까지 했다.

"뭐라고? 그러니까 네가 꿈속에서 내가 그 꿈을 꾸는 것을 꾸었다고? 같은 꿈을 꾼 것도 아니고, 내가 꿈꾼 것을 네가 꿈꿨다고?"

"응, 그렇다니까."

연희는 간단히 대답했다. 어쨌든 말을 하지 않아도 답이 통해서 다행이었다.

마침 초등학교 옆 공터에서 둥근 챙의 모자를 쓴 아저씨가 트램펄린을 해체하여 트럭에 싣는 것이 보였다. 나는 초등학교 3학년 때, 아버지 친구에게서 용돈 만 원을 받은 얘기를 꺼냈다. 그때는 어른들에게 받은 돈은 반드시 엄마에게 주어야 했다. 엄마는 모았다가 나중에 나를 위해 쓰겠다고 했지만 딱히 그럴 것 같지는 않았다.

"엄마에게 그 돈을 주지 않고 트램펄린을 타러 갔어. 5백 원에 30분이었는데, 저걸 실컷 타고 싶었거든. 근데 한 시간을 타니까

어질어질하고 다리가 조금씩 아픈 거야. 9천 원이나 남았잖아. 그래서 한 시간을 더 탔어."

연희가 웃으며 말했다.

"두 시간을 방방 뛰었구나. 8천 원 남았네."

"응, 너무 많이 남은 거야. 그래서 망설이다가 한 시간을 더 탔어. 속이 울렁울렁하고 뇌가 막 따로 놀아서 덜그럭거리고 눈앞이 뱅글뱅글 돌고…… 방방 아저씨가 말려야 할지 말아야 할지 엄청 망설이더라고."

나는 트램펄린에서 내려와 신발을 신는데 달에 착륙한 듯한 기분이 든 일과 그날 저녁도 못 먹고 실신하듯 잠자리에 쓰러진 일, 진땀을 흘리며 잔 일, 꿈속에서도 바람 빠지는 풍선처럼 허공을 헤매던 일 등을 말했다. 연희는 깔깔거리며 내 이야기를 들었다.

"다음 날, 또 탔어. 엄마에게 돈을 주는 규칙을 어겼으니까 들키지 않고 그 흔적을 빨리 없애자고 생각했지. 뛰다 보니까 옆집 철이가 보이더라. 그 아이를 불러서 태워줬어. 근데 그 애는 어지럽다며 30분도 안 돼서 가버렸어. 뛰다 보니까 같은 반 애가 보여서 그 애도 태워줬거든. 근데 20분쯤 놀다가 저녁 먹어야 한다며 가버렸어."

연희는 가엾다는 듯 혀를 찼다. 나는 날은 어두워지고, 돈은 안 줄어들고, 트램펄린을 타면서 울던 일과 공중으로 뛰어오를 때마다 끔찍하던 기분에 대해 얘기했다. 올랐기 때문에 내려오고, 내려왔기 때문에 어쩔 수 없이 뛰어오르는 그 기분은 죽을 맛이었다.

"다음 날 아침에 코피가 막 나는 거야. 엄마가 딱 보니까 애가 좀 이상하잖아. 주머니를 뒤지니 4천 원이 들어 있는 거지. 그때는 초등학교 3학년이 엄마도 모르는 4천 원을 막 꾸깃꾸깃 넣고 다니기 어렵잖아. 어디서 났냐고 취조가 시작되니까 협박이나 고문도 안 받았는데 술술 불어버렸어. 몸이 너무 힘드니까 둘러댈 힘도 없는 거야."

연희가 시시하다는 듯 대꾸했다.

"남자가 깡다구 없이 너무 쉽게 불어버린 거 아냐?"

"그 말을 안 하면 4천 원어치 또 타야 되잖아. 그게 너무 무서웠어."

이제야 알겠다는 듯 연희가 고개를 끄덕였다.

"넌 그런 애였구나."

"그러게 말이야. 아무래도 열 살이었으니까. 돈은 안 줄어들고, 참."

"나 같으면 빵빠레도 사 먹고 콜라도 사 먹고 빵과 우유도 먹으면서 쉬엄쉬엄 한 일주일 재밌게 놀았을 텐데."

나는 팔꿈치로 연희의 팔을 툭 쳤다.

"그러게 말이야, 내가 진작 널 만나야 했는데."

연희도 팔꿈치로 내 가슴을 장난스럽게 맞받아쳤다.

"그래서 말이야, 내가 지금 널 만나주잖아."

# 15

8번국에서 나는 상승세를 탔다. 나는 과감하게 백 돌을 공격적으로 리드했다. 우리는 서로 엎치락뒤치락 혼전을 벌였다. 초반부터 흑과 백 모두 집을 내지 못한 곤마 상태로 팽팽히 맞서다가 중반에 접어들었다. 뒤얽힌 두 마리의 성난 용처럼 우하귀에서 시작된 양측 대마가 서로의 숨줄을 놓지 않은 채 천원(天元)을 향해 날아올랐다.

결국은 어마어마한 수상전이 벌어졌다. 돌아갈 수 없는 외길 수순이었다. 서로의 몸에 이빨을 박아 한 점씩 한 점씩 물어뜯었다. 처절한 공방 속에 번갈아 두며 수를 조일 때, 살점이 하나씩 왕창 떨어지며 핏줄이 한 줄씩 끊기는 기분이었다. 내가 죽거나 상대가 죽는 단명국이 예상되었다.

관자놀이의 맥박이 팔딱팔딱 뛰고 온몸이 뜨거웠다. 이번 판을 이기면 2연승이었다. 명예 회복과 동시에 핸디캡이 없는 대등한 관계의 맞바둑이 코앞이었다. 승부에 침이 바짝바짝 마르고 호선 복귀로의 기대에 심장이 빠르게 뛰었다. 이마와 등줄기에서 땀이 흥건하게 배어 나왔다. 바둑알에도 땀방울이 맺혔다. 뚜껑 위에 서로의 사석이 수북했다.

연희의 옥집을 먹여치고 되따내자 내가 한 수 빨랐다. 뇌에서 흥분 물질이 뜨겁게 분사됐다. 연희는 어쩔 수 없다는 듯 웃으며 돌을 던졌다. 처음부터 끝까지 설레면서 떨리고 겁나면서 가슴 벅찬 한 판이었다.

승패보다는 서로 온몸의 힘을 짜내어 마지막 한 수까지 최선을 다한 것에 짜릿했다. 엉덩이가 떠서 몸이 바둑판 위에 둥둥 떠다니는 기분이었다. 게임을 마치자 우리는 돌을 걷거나 검토할 힘이 없을 정도로 탈진하고 말았다.

관전하던 사범님이 내 머리를 쓰다듬으며 칭찬했다.

"훈이가 그새 기력이 몰라보게 늘었구나. 강단 있게 두는데."

고 형도 옆에서 웃으며 거들었다.

"수읽기가 상당히 민첩하네요. 이젠 훈이랑 두기도 겁나네."

언제 왔는지 장 사장도 덧붙였다.

"오, 제법인데, 빈삼각! 자식이 의외로 미인한테 강하네!"

나는 자리에서 일어나 전적표에 동그라미를 그렸다. 2연승이어서 'O'표가 두 개였다. 한 판만 이기면 다시 호선 치수였다. 내가 두 팔을 들어올리며 성난 고릴라처럼 괴성을 지르자 모두 웃음을 터뜨렸다.

화장실에서 손을 씻고 나오자 기원 게시판을 들여다보던 금은방 아저씨가 장 사장을 불렀다.

"어이, 이리 좀 와봐. 여기 자네하고 닮은 사람 있네."

새로 부착된 지명수배자 몽타주를 보러 나도 그쪽으로 걸어갔다. 주머니에 손을 찔러넣은 장 사장이 불량한 걸음새로 다가왔다.

"여기 찢어진 눈매하고 튀어나온 광대뼈가 자네랑 똑같네. 강도 살인 전과 5범. 자넨 별이 무려 다섯 개일세."

금은방 아저씨는 검지로 몽타주의 여기저기를 찌르며 장 사장을 놀려댔다. 질세라 장 사장은 다른 몽타주 하나를 가리키며 농담 따먹기를 했다.

"어이쿠, 그런 자넨 왜 여기 있나? 공금 횡령. 뚱뚱한 얼굴이 빼다박았네."

둘은 낄낄거리며 유치한 농담 따먹기를 했다. 생김새가 대략 비슷해서 나도 웃음을 참을 수가 없었다. 옥신각신 흰소리를 주고받던 장 사장이 다른 몽타주를 훑어보다가 갑자기 눈을 크게 뜨며 웃음을 멈췄다. 그리고 그의 얼굴이 무섭게 변했다.

"이거 정말 기절초풍할 노릇이군."

장 사장은 홱 고개를 돌려 기원 안의 어딘가로 시선을 던져 몽타주와 번갈아 보았다. 장 사장의 눈을 따라가 보았지만 뭘 보고 그러는지 알 수는 없었다. 스무 개가 넘는 몽타주의 얼굴들은 하나같이 험상궂고 조악하고 비슷했다.

기원을 나와 집으로 가는 길에 나는 연희에게 평소 궁금했던 것을 물었다. 2연승을 한 자신감이 없다면 물을 수 없는 내용이었다.

"너는 왜 정석을 익히거나 기보를 외우지 않아?"

"실전 방내기 선수들은 이런 말을 자주 해. '조세키는 그저 시다바리일 뿐.' 정석은 한낱 도우미에 불과한 거야. 중요한 몇 가지만 잊지 않으면 돼."

책에 쓰인 절차와 규칙을 신봉하는 나와는 달리 연희는 자주 정석대로 두지 않았다. 그런 면에서 장 사장의 기풍과 흡사했다. 나는 퉁명스럽게 반발했다.

"그럼 그걸 외우라는 사람은 뭐고, 외우는 사람들은 뭐가 돼?"

"뜻도 모르는 건 외워도 금방 까먹어. 그래서 안 외워도 돼. 이미 아는 건 외울 필요가 없어. 왜? 아니까! 그리고 외워도 그대로 나오지 않기 때문에 안 외워도 돼."

연희의 바둑은 이미 공식을 벗어나 있었다. 연희의 정석은 주어진 정석이 아니라 만들어가는 정석이었다. 정석에 대해서 연희는 단호했다.

"내 말 알겠어? 그러니까 정석은 안내자일 뿐이지 교도관이 아니야."

"난 모르겠어."

"잇 이즈 낫 어 가드 벗 어 가이드. 그런 형식은 네가 모를 때 너를 약간 안내할 뿐이라고. 너를 그 안에 가두고 규칙에서 벗어나면 벌주는 게 아니야."

"난 정석을 무시하는 건 정통성에서 벗어나는 거라고 생각해."

내 입장을 밝히자 연희는 한발 물러서는 듯했다.

"정석을 익히면 두 점은 늘지. 그건 확실해."

"그래, 정석을 익히면 바둑이 확실히 는다니까."

"그러나 진정 상수가 되려면 그걸 잊어야 해."

"어떻게 그걸 잊어? 잊으려면 공부할 필요가 뭐가 있어?"

나는 완강하게 따져 물었다. 답답한지 연희의 목소리가 약간 커졌다.

"야, 넌 걸을 때 걷는 법을 생각해? 사람들은 걸을 때 어디로 가야 할지를 생각하잖아. 방향과 목적지를 생각하면 되지 걷는 법을 떠올릴 필요는 없어. 넌 똑똑한 애가 왜 그렇게 답답하니?"

방망이로 머리를 한 대 얻어맞은 기분이었다. 그러니까 나는 걷는 법에만 집중했던 것이다. 방향과 목적지는 뒤로하고 내 발과 상대의 발만 보며 왜 보법이 저렇지, 하며 따졌던 것이다. 매교 다리가 저만큼 보이자 연희가 비꼬듯 말을 걸었다.

"너 아까 칭찬받을 때 보니까 정신 못 차리고 어쩔 줄 몰라 하더라. 꼭 똥 마려운 강아지처럼."

"뭐, 똥 마려운?"

우리의 공방전은 바둑판을 벗어나서 대화로도 이어졌다.

"칭찬에 신경 쓰지 마. 그건 강아지들이나 하는 짓이야."

"욕에 길들여지는 것보다 훨씬 나을 것 같은데."

"칭찬에 맛을 들이면 시키는 대로 하게 돼. 자유롭지 못하다고."

"그게 무슨 궤변이야?"

"들어봐. 예를 들어 네가 정말 하고 싶은 일이 생겼어. 근데 주변에서 아무도 칭찬하지 않는 거야. 그럼 그 일을 안 할 거야? 칭찬은 받으면 좋은 거고 안 받아도 상관없는 거야. 오히려 하고 싶은 일을 할 땐 그런 거 상관없이 그냥 하는 거야. 욕을 먹어도 계속 하는 거라고!"

연희는 말을 마치고 인사도 없이 빠른 걸음으로 사라졌다.

## 16

성민이가 집으로 놀러 왔다. 그가 놀러 왔다는 표현보다는 그를
집으로 모셨다는 말이 더 정확할 것이다. 성민이는 거의 개인 과외
선생의 어투였다.

"잘 들어봐. 여자는 말이야, 일단 레스토랑에서 돈가스를 사줘
야 해. 그러면 그냥 넘어오게 돼 있어."

"돈가스 사주면 그냥 넘어와?"

"그리고 사이다를 시킨 다음에 미원을 타서 먹여. 그럼 옷을 막
벗을 거야."

"사이다에 미원을 어떻게 타? 그걸 타면 옷을 왜 막 벗어?"

왜 그걸 이해 못하느냐는 듯 성민이는 말과 행동이 커졌다.

"화장실 갈 때 타면 되지, 붕신아. 그리고 그 화학작용 있잖아.
사이다랑 미원이랑 막 섞이면서, 거품 뽀글뽀글 막 나면서, 단맛하

고 감칠맛하고 막 혼합되면서 마약처럼 변한다고! 더워서 막 벗는 다니까. 내가 개 가슴 만진 날도 그걸 먹었어."

사실인지 아닌지 알 수 없으나, 성민이는 얼마 전 이웃 여중 3학년생과 미팅을 하던 첫날 그 애의 가슴을 만졌다며 떠벌리고 다녔다. 그 얘기를 듣자 나도 모르게 머릿속에서 연희의 가슴을 만지는 장면이 영상으로 돌아갔다. 나는 상상을 떨쳐내려고 손으로 머리를 한 대 탁 때렸다. 우리는 제법 코밑이 수염으로 거뭇거뭇하고 성기 주위가 거웃으로 북슬북슬했다.

나는 얼마 전 꿈속에서 벌인 연희와의 일을 생각했다. 우리는 서로 끌어안고 입을 맞추고 함께 뒹굴었다. 입술과 가슴과 성기에 닿는 느낌이 너무나 선명한 꿈이었다. 깨어났을 때 팬티가 축축하게 젖어 있었다. 나는 한편으로 죄책감을 느꼈지만 다른 한편으로 그 장면을 기억 속에서 자주 불러냈다.

성민이는 공부는 그럭저럭했지만 장난기가 넘치고 호기심이 많은 친구였다. 특히 또래의 성 상담을 도맡아서 했다. 녀석의 성 상담이란 대개 이런 식이었다. 누군가가 자위한 후에 바닥 청소가 매우 성가시다고 하자 녀석은 이런 해결책을 제시했다.

"그럴 때는 신문지 두 장을 바닥에 깔고 하면 편하다는 것을 어찌 모르느냐. 그저 한 번 접고 두 번 접어 폐휴지 사이에 껴놓으면 물자 절약, 시간 절약을 할 수 있느니라."

성민이는 유독 성 상담의 판결을 내릴 때 알 듯 말 듯한 고어 투를 썼다. 왜 그런 말투를 쓰느냐고 물으면 성에 관한 문제는 성스러운 성경의 말투이거나 성군의 말투로 해결해야 신성하다고 했다.

다른 누군가가 하루에도 몇 번씩 습관적으로 그 짓을 하니까 별로 재미도 없고 감흥도 없다는 고민을 털어놓았다. 성민이는 목소리를 내리깔고 답했다.

"그대는 오른손만 사용하여 왼손을 슬픔에 잠기도록 하지 말라. 그리고 부디 오른손이 한 일을 왼손이 모르게 하라. 마찬가지로 왼손이 한 일을 오른손이 또한 모르게 하라. 그들의 질투가 너를 해할까 두렵나니."

그러면서 '손을 번갈아 사흘에 한 번씩'을 처방하는 식이었다.

내 방 한쪽 벽에는 허큘리스 프로그램으로 프린트한 예수 고난상이 붙어 있었다. A4용지 여섯 장 정도를 이어 붙인 크기의 인쇄물인데, 자세히 들여다보면 그림의 선과 음영이 깨알 같은 영문 성경 구절로 이루어진 것이었다. 나는 그것을 가리키며 인상을 찌푸렸다.

"솔직히 말하면, 이거 때문에 요즘 약간 골치가 아파."

"뭔데, 말해봐. 내가 다 해결해줄게."

"몰래 그걸 할 때 말이야, 가시면류관을 쓰고 고통받는 이분의 눈동자와 마주치면 죄책감이 들어. 예수님의 얼굴이라 어떻게 할 수도 없고."

무슨 말인지 알겠다는 듯이 성민이가 고개를 끄덕였다. 녀석은 자리에서 일어나더니 그 그림을 간단히 떼어냈다. 그리고 접어서 자기 가방에 넣었다. 성민이는 대대로 독실한 천주교 집안에서 성장해서 우리 중에는 신학 지식이 가장 해박했다.

"내가 너의 우상을 제거했어. 하느님께서는 우상을 섬기거나 두려워 말라고 하셨거든."

성민이는 자리에 일어나 공중에 성호를 그으며 성직자의 톤으로 장엄하게 말했다.

"이제부터 그대와 미스 손에게 자유를 허하노라! 다만 서로 교제할 때는 그 청결함을 잊으면 안 되나니, 그대는 다만 씻고 또 씻어 세균의 위협으로부터 벗어나도록 하라."

녀석의 의식에 호응하듯 나는 독실한 신자처럼 두 손을 모으고 아멘, 하고 답했다. 한편으로는 속이 다 시원했다. 고민 한 건을 처리한 성민이는 쾌활하게 물었다.

"요즘 너를 흥분시키는 게 뭐야? 그걸 이 빈자리에 붙여봐."

나는 자리에서 벌떡 일어나 잡지 한 권을 찾아들었다. 그리고 그것을 펼쳐서 녀석에게 보여줬다.

"바로 이거야. 어때?"

성민이는 잡지 화보를 보자마자 머리를 감싸 쥐고는 웃음을 터뜨렸다.

"야, 이거 포즈가 무슨 벌 받는 거 같은데?"

바둑 잡지에 실린 그것은 작년 학생왕위전 우승자가 금메달을 걸고 두 팔을 한껏 들어 올린 사진이었다. 정말 양팔을 치켜든 모습은 벌을 받는 모습과 흡사했다. 그러고 보니 챔피언이란 스스로에게 많은 벌을 내린 사람일지도 몰랐다.

## 17

위쪽 창가에서 장 사장의 술 취한 목소리가 계속해서 들려왔다. 그곳은 기원 내에서도 일종의 치외법권 영역이었다. 주로 내기 바둑꾼들이 밤을 지새워서 재떨이마다 꽁초가 수북하고 각종 쓰레기로 지저분했다. 배달 음식의 빈 그릇이 한쪽에 높이 쌓여 있거나 술병이 나뒹굴었다. 그들은 작은 쪽문으로 드나들며 원장의 간섭을 최대한 피했다. 그 소굴의 두목이 바로 장 사장이었다.

장 사장은 베트남전에 참전했던 그의 전우들과 중국 요리에 고량주를 많이 마신 듯했다. 화장실을 드나들 때, 눈이 풀려서 비틀비틀 걷는 모양새가 아까부터 신경이 쓰였다. 이윽고 장 사장은 마치 연희를 금방이라도 끌어안을 듯 다가왔다. 나는 자리에서 일어나 팔로 그를 막았다.

"어쭈, 이 자식 봐라?"

"저, 화장실은 이쪽이 아니라 저쪽이에요."

"어디서 싸가지 없이 이 어린 노무 새퀴가…… 이 손 안 치워!"

막상 연희는 수를 읽느라 왜 이런 일이 벌어진지 전혀 모른 채 눈을 휘둥그레 뜨고 우리 둘을 바라봤다. 나는 손을 내리며 말했다.

"약주 많이 하신 듯한데, 그만 들어가서 쉬세요."

장 사장은 눈에 한껏 힘을 주어 나를 노려보고는 연희의 손목을 덥석 쥐었다. 그리고 얼굴에 느끼한 웃음을 만들며 부드럽게 말했다.

"연희야, 잠깐 아저씨랑 나가서 얘기 좀 하자."

의자를 완전히 뒤로 빼고 내가 황급히 끼어들었다.

"지금 복기 검토 중인데, 누구를 데리고 나간다는 거예요?"

그가 내 멱살을 잡고 추켜올렸다. 그리고 씹어뱉듯이 소리를 낮추어 말했다. 지독한 술 냄새와 함께 강한 힘이 전해져왔다.

"빈삼각, 넌 조용히 꺼져라. 상대도 안 되는 놈이 까불긴! 넌 나한테 스무 번은 얻어터져야 겨우 내 주먹을 볼 수 있어."

강한 힘이 오자 나는 반사적으로 멱살을 쥔 그의 손목을 세게 비틀었다. 그의 손목은 굵은 쇠뭉치 같았다. 심장박동이 빨라지며 온몸이 부들부들 떨렸다.

어느새 나타났는지 고 형이 다가와서 차가운 목소리로 말했다. 그는 한 손을 주머니에 찌르고 담배를 피우고 있었다.

"저기, 아저씨, 그만 가주세요. 지금 이 바둑 유망주들 수업에 엄청난 방해가 돼요. 자칫하다간 음주소란에 영업방해죄에 저촉될 수도 있어요. 어서 그 무서운 손 놓으시고. 청소년 보호 위반!"

장 사장은 고 형을 노려보더니 비틀거리며 피식, 하고 웃었다.

"뭐, 무서운 손? 기절초풍하게 만들 분이 나타나셨군. 뻔뻔한 새끼!"

고 형이 담배 연기를 길게 내뿜더니 꽁초를 바닥에 떨어뜨리며 구둣발로 비벼 껐다. 통제할 수 없는 팽팽한 긴장이 느껴졌다.

"아저씨, 술을 곱게 드셨으면 곱게 주무셔야죠. 포커 판에서 돈 좀 잃었다고 이러시면 안 되죠. 꿈나무들 앞에서 뻔뻔한 새끼라뇨?"

그즈음 연구실에서 밤마다 벌어지는 포커 판에서 장 사장이 형에게 큰돈을 잃었다는 소문이 돌았다. 고 형과 장 사장은 금방이라도 주먹다짐을 벌일 것 같았다. 주위를 둘러보니 원장님도 안 계시고 사범님도 보이지 않았다. 이때 연희가 낭랑한 목소리로 웃으며 말했다.

"아저씨, 이거 끝나고 우리 얘기해요. 제가 끝나고 아저씨 자리로 갈게요."

그제야 장 사장은 연희의 손목을 놓았다. 알았으니 그만하겠다는 듯 씨익 웃으며 양손을 들었다. 그리고 형을 향해서는 입술을 비틀며 웃었다. 장 사장은 구겨진 내 옷가슴 섶을 툭툭 정리해주며 말했다.

"넌 새꺄, 그 정도론 어림도 없어. 네가 쪽발이들 포석과 정석 따위를 암만 외워봐라. 실전에서 내가 소리만 질러도 너 같은 놈들은 오줌을 지리거든."

장 사장은 그렇게 비틀비틀 밖으로 나갔다. 형은 연구실로 돌아서며 "병신 새끼!"라고 중얼거렸다.

나는 연희가 정말 장 사장에게 갈까 봐 마음이 조마조마했다. 다행스럽게도 우리가 기원을 나갈 때까지 장 사장은 다시 돌아오지 않았다.

어두운 밤거리를 우리는 천천히 걸었다. 땅에 떨어진 메마른 플라타너스 잎들이 바람이 불 때마다 보도를 쓸며 지나갔다. 장 사장에게 멱살을 잡히고 폭언을 듣던 순간들이 뇌리에서 떠나지 않았다. 나는 어깨를 떨며 입을 열었다.

"어떻게 하면 장 사장을 뛰어넘을 수 있을까?"

연희는 작년 기원 대회의 결승전 일화를 알고 있었다. 고 형에게서도 듣고 장 사장에게서도 여러 번 들었다고 했다. 연희가 대답했다.

"뛰어넘을 수 없어."

"그럼 어떡해. 계속 이렇게 당할 수만은 없잖아."

"뛰어넘지는 못해도 그냥 견딜 수는 있겠지."

그냥 견디라는 연희의 말에 고개를 숙이며 걸었다. 장 사장의 횡포가 앞으로도 종종 벌어질 거라 생각하면 끔찍했다. 찬바람이 목덜미에 닿자 등골이 오싹했다. 점점 매교 다리가 다가오고 있었다. 다리 끝에서 우리는 헤어져야 했다.

"훈아, 다 그렇게 견디다가 이기는 거야."

"정말?"

"실력이 아주 뛰어나서 상대를 이기는 경우는 드물어. 너 한 집, 반 집 승부를 그렇게 많이 겪고서도 몰라?"

"너도 그렇게 이기는 거야? 견뎌서?"

"그래, 그게 내가 지지 않는 비결이야."

어느덧 다리 끝에 우리는 서 있었다. 나는 연희의 승부의 비밀을 알았다는 사실만으로도 마음이 풀어졌다. 주황색 포장마차가 들어서고, 거리 음식을 파는 리어카에서 맛있는 냄새가 풍겨왔다. 연희는 가야 했지만 나는 헤어지기 싫었다.

"그리고 하나 더 알려줄게."

나는 고개를 끄덕였다. 연희는 나와 마주 서서 내 눈동자를 바라봤다.

"실력이 모자라도 실수만 없으면 돼. 실수를 안 하는 게 실력이야. 처음보다 마지막으로 갈수록 실수가 없어야 해."

나는 잊지 않기 위해 그녀의 말을 따라 했다.

"마지막으로 갈수록 실수하지 말라?"

"그렇지."

"마지막까지 견디고 실수하지 않으면 장 사장을 이길 수 있을까?"

당연하다는 듯 연희는 팔꿈치로 내 가슴을 쳤다. 갑작스럽지만 기분 좋은 터치였다. 이상하게 다 아는 내용도 연희가 말하면 새롭고 의미심장했다.

"그러면 지지는 않을 거야. 지지 않는 게 무조건 이긴다는 건 아니지만. 그 정도는 알지?"

나는 얼떨결에 고개를 끄덕였다. 연희는 손을 흔들며 천변을 따라 올라갔다. 나는 돌아서서 집으로 가며 속으로 되뇌었다. 마지막까지 견디고 실수하지 않으면 나는 장 사장에게 지지 않는다. 그러다가 걸음을 멈춰서 중얼거렸다.

'그러면 정말 장 사장에게 지지 않을까?'

  장 사장은 내리 두 판을 우당탕 깨지고 말았다. 연희와 장 사장은 깊이 고민하지 않고 두는 감각 바둑 스타일이어서 속기의 대결이었다. 연희는 지난 첫판에서 그를 누르고 두 시간도 안 되어 2연승을 거둬서 장 사장의 치수를 호선에서 정선으로 접어버렸다.

  "한 판만 더 하자, 응?"

  장 사장은 자리에서 일어난 연희를 붙잡고 말했다.

  "벌써 두 판이나 뒀잖아요."

  "알아. 그래도 한 판만 더 하자, 응? 한 판만!"

  장 사장은 몸을 앞으로 내밀고 연희를 올려다보았다. 그리고 손가락 하나를 세워 애원하듯 말했다. 연희가 깐깐하게 물었다.

  "아저씨 이번에 지면 두 점 깔아야 해요. 그래도 하시겠어요?"

  "좋아, 내가 지면 두 점 깐다. 근데 이기면 너와 나는 호선으로!

지면 장 하수라 불러도 돼."

의아한 나머지 나는 고개를 가로저었다. 절차를 완전히 무시한 치수 거래였다. 자꾸 두자고 매달리는 장 사장을 떼어내려고 연희가 한 말은 이해됐지만, 장 사장은 세 판을 내리 이겨야 호선이 맞았다.

"좋아요!"

연희는 결심한 듯 자리에 앉으며 환하게 웃었다. 연희가 왜 저런 장 사장과 자꾸 바둑을 두는지 이해가 되지 않았다. 그녀로서는 손해볼 게 없다는 판단이었다. 밑져야 본전이었다. 고 형이 끼어들며 차갑게 한마디를 던졌다.

"후지사와 구라노스케 꼴이 될 수도 있어요."

1950년대 초 일본 기계 공식 1위이던 후지사와는 오청원에게 다섯 판을 내리 져서 십번기를 패하고 다시 무리한 도전장을 내밀었다. 당시 오청원은 무패 신화를 기록 중이었는데, 후지사와는 그를 처음으로 꺾는 기사가 되고 싶었다. 그러나 결국 후지사와 구라노스케는 한참 영예를 누려야 할 시기에 단 6국 만에 1승 5패로 피를 토한 후 기사 생활을 접고 말았다.

"후지 사과 고로케 쩝쩝대는 소리 하시네!"

장 사장은 고 형을 쳐다보지도 않고 무시해버렸다. 어떡해서든 장 사장은 연희를 깨고 싶었다. 장 사장은 방내기 멤버들을 불러 모았다. 밤을 새워 봉두난발이거나 누렇게 뜬 괴물들이 주위를 둘러쌌다. 담배 찐 내와 고린내가 진동했다. 그런 아저씨 대여섯 명이 둘러싼 가운데 여중생이 대결을 한다는 건 상당한 심리적 압박이었다. 한술 더 떠서 장 사장은 그들에게 내기를 걸라고 했다.

"자네들은 누가 이기나 내기나 걸라고. 누가 이기든 이번 판 끝내고 내가 양장피에 배갈 쏠게!"

연희는 아무렇지도 않은 특유의 표정을 지으며 돌을 착수했다. 둘 모두 소문난 파이터여서 예상은 했지만, 포석이 제대로 깔리지도 않았는데 초반 우상귀에서부터 격렬한 난타전이 벌어졌다. 공이 울리자마자 넓은 링을 버리고 한쪽 코너에서 맞붙은 복서 둘이 사생결단으로 주먹을 주고받는 사태가 일어난 것이다.

누구 하나가 링 위에 쓰러지기 전까지 도무지 물러설 기세가 아니었다. 한 방이 날아가면 한 방이 날아들어서 일착이 가해질 때마다 주위에서 몸이 움찔거렸다. 관전자 중에 입을 여는 사람은 한 명도 없었다. 흑은 귀를 선점한 백을 잡자고 저돌적으로 덤벼들었고, 백은 잡자고 덤벼든 흑을 뒤에서 역습하여 양곰마가 서로의 목줄을 틀어쥔 채 뒤얽힌 상태였다.

옆에서 보는 나도 복잡한 경우의 수를 읽느라 머리에서 회로 타들어가는 냄새가 날 지경이었다. 흑을 쥔 장 사장은 힘으로 백을 맹렬히 압박하고, 백을 쥔 연희는 흑의 급소에 이빨을 박은 채 놓지 않았다. 두 선수는 클린치 중에도 무수한 주먹을 주고받았다. 그 전투의 결과가 국면을 좌우하는 단명국이 예상되었다.

얼핏 백이 불리한 형세였다. 변의 흑은 궁도가 넓어서 두 집의 가능성이 보였으나, 귀의 백은 한 집을 내고 한 집이 옥집이었다.

공배만 많을 뿐 두 집을 낼 처지가 아니었다. 연희는 처음으로 장고에 들어갔다. 난감한 상황에서 수에 몰입할 때 그녀가 윗니로 아랫입술을 깨무는 습관을 나는 알고 있었다. 연희는 무섭게 집중하며 피가 맺힐 만큼 아랫입술을 한참이나 꽉 깨물었다.

"『관자보』에 나오는 수네."

가장 빨리 수를 읽은 사람은 어느덧 다가와서 판을 살피던 사범님이었다. 연희의 착점 이후에 나온 말이었다. 그 조용한 한마디에 관전자들은 일제히 고개를 들어 무슨 뜻일까를 잠깐 생각하다가 다시 머리를 바둑판으로 조아렸다. 내 눈에도 오리무중이었으나 몇 수가 더 진행되니 연희의 의도가 어렴풋이 보였다. 그러자 온몸에 열이 오르며 순식간에 등골에 땀이 맺혔다.

이어진 장 사장의 착점은 자충수였다. 쉽게 말해서 장 사장은 자신의 의지로 자충수를 둔 게 아니라 자충수를 피할 수 없도록 연희가 유도한 셈이었다. 중국 명나라의 기서 『관자보(官子譜)』는 섬뜩한 종반 필살기로 가득 찬 책인데, 상대방이 스스로 무덤을 파는 실수를 이용해 치명타를 입히는 방법이 두루 수록되어 있었다.

입술을 깨문 끝에 연희가 둔 착점이 바로 귀수(鬼手)였다. 연희는 흑의 궁도 안에서 매화육궁을 만들었다. 꽃처럼 피어난 매화육궁을 보자 관자놀이가 팔딱거리고 눈물이 나올 듯 코끝이 시큰했다. 그저 책에서만 보던 기묘한 수를 실전에서 직접 보게 될 줄은 몰랐던 것이다. '육궁은 열두 수'여서 나는 빨리 수읽기에 들어갔다.

"일단 따먹고 보자. 먹고 죽은 귀신이 때깔도 좋다는데!"

장 사장은 이를 악물며 말했다. 그는 죽을 줄 알면서도 돌을 따냈다. 6개의 사석을 확보하기 위해서도 어쩔 수 없는 선택이었다. 그것은 몹시 굶주린 나머지 어떻게 될지 뻔히 알면서도 덫의 미끼를 먹을 수밖에 없는 사나운 짐승의 혹독한 운명을 보는 듯했다.

후치중이 들어가자 손에 땀을 쥐며 수는 빠르게 줄어들었다. 결국 옥집의 패가 났으나 워낙 초반에 벌어진 전투라 장 사장은 패를 쓸 곳이 없었다. 관전자들은 아무 말도 하지 않고 그저 한숨과도 같은 신음을 냈다. 장 사장은 잡으려 하다가 끝내 잡히고 말았다. 그냥 링 바닥에 자빠지는 정도가 아니라 강펀치를 맞고 크게 휘청거리다가 링 밖으로 몸이 날아간 녹아웃이었다. 이 얼떨떨한 상황에 고 형조차 침묵했다.

이의를 제기할 수 없는 무참한 패배였다. 사범님은 잘했다는 듯 연희의 머리를 한번 쓰다듬어주었다. 장 사장은 기절초풍 정도가 아니라 그대로 혼절이었다. 고개를 들지 못하는 그는 무연하게 바둑판을 보며 꼼짝 않고 그저 눈을 몇 번 크게 깜빡거렸다. 이마에 땀이 송글송글 맺혀 있었다. 연희가 중학생이고 여자라는 이유로 너무 얕봤던 것이다.

기원은 들썩였다. 장 사장은 만신창이가 되어 두 점 치수로 전락하고 말았다. 베트남 밀림을 깡다구 하나로 누비던 베테랑, 산전수전 공중전까지 두루 겪은 그가 16세의 비쩍 마른 여중생에게 두 점 접바둑으로 접혔다는 소식은 큰 충격이었다. 특히 내기 바둑을 주로 두는 '방내기파'에서는 시장 바둑의 몰락이 믿기지 않는다는 반응이었다.

　기원은 학구파와 실전파로 크게 나뉘었는데, 실전파는 학구파를 대개 '학삐리'들로 우습게 보는 경향이 있었다. 연희는 혼자서 상대 조직의 본거지에 들어가 그곳 보스와 '맞짱'을 떠서 개떡으로 만들어버린 것과 다름없었다. 고 형의 기력이 장 사장과 호각지세였으나 이렇게까지 녹아웃 시킨 적은 없었다.

　다음 날부터 장 사장의 시끄러운 목소리를 듣는 일은 흔치 않았다. 어쩌다 위쪽 창가에서 큰 소리를 내더라도 연희가 쳐다보면 장 사장은 시선을 피하며 입을 다물었다. 장 사장은 납작 엎드려 연희를 우대하고 웬만한 부탁은 다 들어줬다. 식사 때가 되면 연희에게 맛있는 것을 사줬는데, 나도 덩달아 대접을 받았다. 기력 향상의 비결을 상담하기도 했다. 연희는 야생 늑대 한 마리를 길들여놓은 듯했다.

## 19

고 형과 장 사장의 라이벌전이 벌어진 건 일주일 뒤였다. 연희와 내가 뒤늦게 관전에 합류했을 때 바둑판 한쪽에 만 원짜리 지폐가 수북했다. 열두 명의 참가자가 일정액을 참가비로 낸 뒤 1등이 전부 차지하는 내기 바둑의 결승이었다. 1차전부터 올라오느라 고단한 탓인지 두 선수는 마지막 한 판을 앞두고 평소와 달리 아무 말도 하지 않았다.

고 형이 화장실에 간 사이 말 만들기 좋아하는 누군가가 '꼴통 보수(군바리)와 학술 진보(대학생)의 대격돌'이라는 타이틀을 갖다 붙이자 장 사장이 입술을 비틀며 중얼거렸다.

"쳇, 학술 진보 좋아하시네."

결승국은 초반부터 기세 싸움이 등등했다. 피차 한발도 물러설 곳이 없다는 결연한 태도였다. 중반으로 들어서자 아니나 다를까

우변에서 불꽃 튀는 총격전이 벌어졌다. 흑을 든 고 형은 백의 집을 파죽지세로 갈라치며 들어왔고, 백을 쥔 장 사장은 자신의 영역으로 침입한 흑을 섬멸하기 위해 맹공을 퍼부었다. 흑과 백은 서로 유리한 지점을 차지하기 위해 한 치의 양보도 없이 장렬한 공방전을 펼쳤다. 승부 판독이 어려울 정도로 미세한 계가였다.

팟, 하고 불이 나간 건 그때였다. 정전이 되며 기원은 삽시간에 어둠 속으로 잠겼다. 관전자들이 고개를 들며 웅성거렸다. 창밖으로 보이는 앞 건물도 불이 나가서 주위가 캄캄했다.

"모두 움직이지 마!"

장 사장이 소리치며 순식간에 왼손으로 지포 라이터를 밝혀 들었다. 그러자 그의 패거리들도 지포를 꺼내 부싯돌을 당겼다. 장 사장은 범죄 현장을 감식하듯 라이터를 내려 바둑판 구석구석을 훑어보고 자신과 상대의 사석 그릇을 살폈다. 불이 지나가는 자리마다 환해지며 기름 타는 냄새가 묘하게 코를 찔렀다. 치자색 반상에서 뽀얗게 빛을 발하는 검고 흰 유리알들이 유독 크게 보였다.

그리고 장 사장은 고 형을 향해 누렇고 미끈미끈한 치아를 드러내며 징그럽게 웃었다. 원장님은 음료수 병에 양초를 꽂아 기원 곳곳에 불을 밝혔다.

"이거 미안해서 어쩌죠? 제가 한 집 반 이겼네요."

계가를 마치자 형이 입을 열었다. 어두운 탓에 주위는 적막하고 사람들의 눈빛만 반짝거렸다. 다섯 집 반의 덤을 제하니 정말 한 집 반 차이가 났다. 장 사장이 사석 한 알만 더 따냈어도 뒤바뀌는 승부였다. 촛불에 흔들리는 장 사장의 얼굴은 그 음영이 기이했다.

"그럼, 이 돈은 승자인 제가 인 마이 포켓. 오늘은 운이 괜찮네요!"

형은 재빨리 손을 뻗어서 지폐 뭉치를 점퍼의 안주머니에 넣었다. 그리고 바둑알을 거두어 담으려고 했다. 기름을 잔뜩 먹인 솜 뭉치처럼 분위기가 무거웠다. 장 사장은 팔을 뻗어 형의 손을 제지했다.

"잠깐, 그대로 둬."

장 사장은 자리에서 일어나 고 형의 뒤로 가서 형의 바지 주머니에 손을 찔러넣었다. 눈 깜짝할 새에 일어난 일이었다.

"뭐예요, 이게!"

고 형은 반사적으로 격렬히 저항하며 자리에서 일어나려 했다. 그러나 장 사장의 패거리 몇이 형의 어깨를 누르며 팔을 못 쓰게 붙들었다.

"이거 왜 이래 정말! 뭐하는 짓들이야!"

형의 고함에 오히려 사람들이 이쪽으로 모여들었다. 장 사장이 칼을 힘차게 빼내듯 고 형의 주머니에서 손을 빼냈다. 그리고 손을 펼쳐서 사람들에게 보였다. 한 움큼의 바둑돌이었다. 장 사장은 돌을 형의 눈앞에 들이대며 무섭게 소리쳤다.

"너 이 새끼, 어디서 이따위 사기를 쳐! 아니면 이 사람들 앞에서 복기를 해서 창피 한번 제대로 당해볼래?"

상대 몰래 사석을 늘려서 집 수를 줄이는 짓이 발각된 것이다.

형의 눈빛이 잠깐 흔들리더니 곧 제자리를 찾았다. 흥분한 장 사장과 달리 그는 애써 차분하게 말했다.

"아이 참, 아저씨도. 아깝게 져서 분한 건 알겠는데, 호주머니 돌 몇 개로 이렇게 심한 야료를 부리면 내가 억울하죠."

장 사장은 그럴 줄 알았다는 듯 주머니에서 종이를 꺼내 들었다.

"흥, 억울해? 사기를 치려면 제대로 쳐야지, 이 자식아. 왜 흔적을 남겨!"

촛불 근처에 대고 펼치니 그것은 지명수배 몽타주였다. 범죄자들의 얼굴이 무섭게 일렁거렸다. 그러자 형의 얼굴이 순식간에 균형을 잃고 무너져 내렸다. 장 사장은 낮은 톤으로 말했다.

"너 이 새끼, 포커 판에서 도리꾸 쓰는 거 모를 줄 알아. 젊은 인쉥이 불쌍해서 경찰에 찌르진 않는다. 이 근처에 다신 얼씬도 하지 마."

어둠 속에서 어른들의 웅성거림이 파도처럼 흘러다녔다. 형은 입도 뻥긋하지 않은 채 눈빛만 싸늘하게 변했다. 그리고 천천히 일어나서 둘러싼 사람들과 어깨를 부딪치며 출입문 쪽으로 걸어갔다. 형이 출입문에 손을 갖다 댄 순간, 사범님이 조용히 말했다.

"점퍼는 벗어놓고 가야지."

기원 내의 모든 시선이 두 사람에게 집중되었다. 형은 사범님에게 등을 보이며 힘없이 점퍼를 벗었다. 날은 추워지고 형은 그것만 입고 다녀서 나는 돌려달라고 말할 수가 없었다. 허물이 벗겨지듯 내 점퍼가 그대로 바닥에 툭 떨어졌다. 촛불 탓인지 사범님의 그림자는 거인처럼 보이고 형의 그림자는 난쟁이 같았다. 형은 그대로 문을 열고 캄캄한 밖으로 나갔다.

나는 점퍼 안주머니에서 지폐 뭉치를 꺼내어 장 사장 앞에 갖다 놓았다. 주머니에는 내가 작성한 기보도 나왔는데 형이 여기저기 펜으로 열심히 메모한 흔적이 보였다. 잘게 찢긴 몽타주 조각과 전화번호가 빼곡한 작은 수첩도 나왔다. 문득 누군가를 안다는 건 대체 뭘까, 하는 의문이 들었다.

기원을 나와서 집으로 돌아오는 길은 기분이 몹시 우울했다. 떨어진 은행 열매 탓에 거리엔 고약한 냄새가 진동했다. 나는 진정할 수가 없어서 연희에게 두서없이 지껄였다.

"나는 형을 이해할 수 없어. 왜 그런 짓을 하느냐고. 아무리 생각해도 도저히 이해가 안 돼!"

"이해할 수 없는 사람을 이해하려는 게 이해의 시작이야."

"무슨 말도 안 되는 소릴 하는 거야? 너 형이 그런 짓 하는 거 알았어?"

연희가 고개를 끄덕였다. 은행 알이 기분 나쁘게 신발 아래서 터졌다. 짓이겨져 터진 그것은 마치 고름 덩어리 같았다.

"오빠와 삼번기 둘 때 첫판을 이기자 둘째 판은 머릿속으로 계가한 것과 달랐어. 그래서 마지막 판에 무리를 해서 간신히 대마를 잡았어. 기보가 남았으니 복기하면 알 거야."

"아, 돌겠네! 이해할 수 없어. 왜 형이 그런 짓을 해야 해! 왜 장 사장이 아니라 형이 사기꾼이냐고!"

"오빠는 기료도 없이 기원에 오는 날도 많아. 피해 다니면서 하루를 견디는 돈을 간신히 내기로 충당하는 거야. 지면 될까? 지면 다음 게임은 반드시 이겨야 해. 나는 그런 사람들을 신갈에서 종종 봤어."

"왜 장 사장은 신고를 안 했지?"

"기원 문 닫길 원해? 신고하면 불법 도박장을 내줬으니까 원장님도 같이 들어가는 거야. 함께 도박한 사람들도 전부."

나는 그 자리에 주저앉아 두 손으로 머리를 감싸 쥐며 신음했다.

"아, 인쉥이, 인쉥이 정말! 도무지 이해가 안 돼."

"사람은 사람을 이해하려고 하면 안 돼. 받아들이느냐, 마느냐야."

"그게 무슨 말이야?"

"이해할 수 있는 걸 이해하는 게 무슨 이해야? 그냥 그 사람을 향해 고개를 끄덕일 수 있느냐 없느냐의 문제라는 거야."

도무지 무슨 소린지 나는 알 수 없었다. 골치가 아픈 나머지 손가락 끝으로 스포츠형 머리를 마구 긁었다. 연희가 팔을 뻗어 주저앉은 나를 가만히 일으켜 세웠다.

"잘 들어봐. 선생님이 어떤 문제를 냈는데, 전교생이 다 풀 수 있다고 생각해봐. 그게 과연 문제겠어? 문제는 풀기 어려운 게 문제잖아. 마찬가지라는 거지."

그러니까 모두가 풀 수 있는 문제는 이미 문제가 아니듯, 이해할 수 있는 걸 이해하는 건 이해하는 게 아니라는 말이었다. 언뜻 이해되지 않는 일이지만, 이해할 수 없는 걸 이해하려는 게 이해의 시작이었다. 그 시작점의 제스처가 바로 고개를 끄덕이는 일이라는 거였다. 연희는 이어서 말했다.

"우리 아빠는 늘 그랬어. 간혹 내가 울면서 엄마가 도망간 게 이해가 안 된다고 징징거리면…… 그냥 엄마를 향해 고개를 끄덕이면 된다고."

나는 고개를 크게 끄덕였다. 연희가 다섯 살 무렵 엄마가 집을 나가자 친할머니와 아버지가 그녀를 돌봤다. 그녀를 애지중지 보살펴주던 할머니는 6학년 때 돌아가셨다. 연희가 중학교에 입학할 때 미국에서 발송한 소포가 도착했다.

"그래도 엄마가 너를 기억하고 있었구나?"

"응, 샌프란시스코였어. 그러니까 지금 내가 하는 말도 이해 안 된다고 하지 말아줘. 나도 설명할 수 없으니까 그냥 끄덕이면 돼."

할머니가 돌아가셨을 때 연희는 가장 슬펐다. 그런데 그 이후로 바둑이 가장 많이 늘었다. 방과 후엔 아버지가 사범으로 활동하는 기원에서 지냈는데, 그곳에서 온갖 이해할 수 없는 사람들을 많이 만났다. 아버지가 밤을 새며 '방내기'를 둘 때는 옆에서 관전을 하며 지루한 시간을 버텼다. '방내기'는 승패가 아니라 집 수에 따라 판돈이 달라지는 내기 바둑이어서 수읽기와 계가 연습을 많이 했다는 것이다. 그런 아버지가 몇 달 전에 돌아가시자 연희는 마음을 묶어둘 데가 바둑밖에 없었다.

"나야말로 이해할 수 없는 것투성이야. 왜 엄마가 미국에 살고 있고, 왜 할머니와 아빠가 돌아가셨는지 나는 이해가 안 돼. 왜 외톨이가 되어 이렇게 남았는지…… 너도 그냥 끄덕여주면 좋겠어."

"너는 그 슬픔을 어떻게 극복했어?"

"극복은 무슨…… 그냥 견뎠지. 바둑을 두면서 그냥 견뎠어. 돌에 집중하면 다 잊혔어."

연희는 어린 나이에 놀랍게도 단순한 집중의 힘을 알고 있었다. 미스터 심플과 콘슨의 이야기는 그냥 만들어진 게 아니었다.

"엄마, 안 보고 싶어?"

연희는 말없이 걸었다. 나는 다시 물었다.

"연희야, 너에게 바둑은 뭐야?"

"살면서 유일하게 칭찬받은 것. 그리고 두다 보면 할머니도 아빠도 멀리 있는 엄마도 모두 잊을 수 있어. 오직 그 시간에만 잊을 수 있어."

다음 날 바둑판 아래에서 오랜만에 연희의 쪽지를 발견했다. 지난밤 귀가해서 낙서처럼 쓴 글이었다. 복잡한 심정을 반영하듯 여기저기가 뭉개지고 지워진 글자가 많았다.

—밝음과 어둠이 있어. 밝음만 있지 않고 어둠만 있지 않아. 바둑판에도 흑과 백이 있어. 흰 돌과 검은 돌 서로 한 번씩 주고받으며 바둑은 짜여져. 이길 때도 있고 질 때도 있지만, 확실히 아는 건 오직 한 가지야. 내가 집을 지을 때 방해자가 있다는 거야. 그것도 아주 가까이 있지. 팔을 뻗으면 닿을 거리에.

우리에겐 기쁜 날도 있고 슬픈 날도 있어. 분명한 건 뭔가 나쁜 일이 우리에게 계속 생긴다는 거야. 우리가 통제할 수 없는 일이 반드시 생긴다는 거야. 우리는 그 통제할 수 없는 일에 반드시 응수를 해야 해. 그런 훼방꾼이 없는 게임은 없으니까. 그 훼방꾼과 싸우며 이 판을 짜나가야 해. 있잖아. 집에 도착하니 엄마에게서 초청장이 왔어.

# 20

11월 중순의 바람은 적당히 상쾌했다. 난생처음 부모님께 막무가내로 졸라서 사 입은 청재킷의 깃을 올렸다. 걸을 때마다 뒷목에 와 닿는 빳빳한 깃의 느낌이 좋았다. 청바지와 청재킷을 맞춰 입으니 전보다 훨씬 멋있어진 기분이었다. 뒷주머니에는 그동안 모아둔 비상금이 제법 두둑했다.

키 큰 플라타너스가 총총히 도열한 대로를 따라서 나는 중앙극장 쪽으로 걸었다. 토요일 오후 중앙극장 앞에서 이성을 만나는 건 흥분되는 일이었다. 매일 보는 사이인데도 설레서 어떻게 할 수가 없었다. 나는 좀더 멋있게 보이려고 양손을 바지 뒷주머니에 찔렀다.

연희는 약속 시간보다 약간 늦게 나타났다. 흰 남방의 깃을 드러낸 감색 라운드 니트에 무릎 위까지 닿는 청치마를 입고서 종종걸음으로 달려왔다. 발목을 덮는 흰 양말과 상표 없는 운동화가 청순하게 보였다. 나를 향해 환하게 웃으며 달려오는 모습에 기다리던 초조함이 싹 사라졌다.

우리는 '난다랑'이라는 레스토랑에 갔다. 레스토랑의 유리문을 열자 은종이 맑게 울렸다. 사실인지 아닌지 알 수 없으나 성민이가 이웃 학교 여중생과 미팅을 하고 가슴을 만졌다는 그곳은 테이블마다 커튼이 드리워져 있었다.

나비넥타이를 맨 남자 웨이터가 들어왔을 때 연희와 나는 동시에 깜짝 놀랐다. 나는 어깨를 약간 움츠렸고 연희는 조그맣게 웃었다. 웨이터는 복장만 다를 뿐 미술 선생과 외모가 똑같았다. 그는 연희와 내 앞에 유리잔을 놓고 은색 주전자로 아주 높은 곳에서 물을 따랐다. 우리는 물이 컵에 채워지는 걸 태어나서 처음 보는 사람처럼 집중했다.

마치 이런 곳에 자주 와본 것처럼 내가 돈가스를 주문하자 연희는 메뉴판을 보지도 않고 같은 것으로 시켰다. 혹시 미술 선생이 변장한 게 아닐까 여겨지는 웨이터가 존댓말로 물었다.

"수프는 소고기수프와 야채수프가 있는데, 무엇으로 하시겠습니까?"

내가 소고기수프를 주문하자 연희도 같은 것을 골랐다. 웨이터는 펜으로 일일이 적으며 나가지 않고 또 물었다.

"사이드를 밥으로 드릴까요, 빵으로 드릴까요?"

성민이는 왜 사이드를 알려주지 않았을까, 하는 생각이 들었다.

나는 밥을 먹고 싶었지만, 양식집에서는 그러면 안 될 것 같아서 빵을 시켰다. 연희도 같은 것으로 골랐다.

웨이터가 펜으로 메모지에 주문 사항을 적을 때마다 금방이라도 우리의 학년과 반과 이름을 물을 것 같아 초조했다. 머리통에 꿀밤을 한 대씩 먹이고 여기는 애들이 오는 곳이 아니라며 당장 엎드려뻗쳐를 시킬 듯했다. 빨리 웨이터가 나갔으면 했으나, 그는 나가지 않고 음료수는 무엇으로 하겠느냐고 물었다. 나는 연희에게 물었다.

"사이다 마실래?"

"아니, 난 오렌지주스."

오렌지주스를 두 잔 주문받자 그는 몸에 배인 동작으로 메뉴판을 옆구리에 끼고 약간 고개를 숙인 뒤 밖으로 나갔다. 커튼이 쳐지자 머릿속에서 전광석화처럼 음식값 계산이 진행됐다.

"화장실은 안 가도 되지?"

연희는 고개를 가로저었다. 나는 좀 긴장했으나 연희는 아무렇지도 않은 듯 편해 보였다.

수프를 먹을 때 나는 성민이가 알려준 대로 안에서 밖으로 스푼질을 하며 먹었다. 어색했지만 그게 정식 매너라고 해서 나는 그렇게 했다. 연희는 아무렇지도 않게 평상시 국을 떠먹는 방식으로 먹었다. 소고기수프인데도 소고기는 보이지 않았다.

웨이터가 양손에 커다란 접시 두 개를 가져와 테이블 위에 놓았다. 이상하게도 밥그릇이나 사발에 담긴 음식보다 접시에 담긴 것은 더 맛있어 보였다. 포크와 나이프는 상당히 크고 무거웠다. 나는 오른손으로 나이프를 잡고 먹는데도 어색한 반면, 연희는 왼손으로 나이프를 잡고도 아무렇지도 않게 잘 먹었다.

"어때, 맛있어?"

내가 묻자 연희가 입으로 오물오물 돈가스를 씹으며 나를 바라봤다. 눈이 반달 모양으로 변하며 코와 입술이 어울려 예쁜 곡선의 표정이 나왔다. 어떤 상황에서도 아무렇지 않을 수 있는 능력을 타고난 애 같았다.

"응, 맛있어. 돈가스도 맛있고 사라다도 맛있어."

연희가 맛있다고 하자, 나도 순간 모든 게 맛있어졌다. 내가 오렌지주스 잔을 높이 들자 연희도 주스 잔을 들었다. 주황색 액체가 오늘따라 유독 신기했다. 우리는 가볍게 건배를 했다.

경양식 집을 나와서 우리는 다시 중앙극장으로 갔다. 극장 간판에는 패트릭 스웨이지가 여배우를 뒤에서 살며시 안고 서 있는 모습이 크게 그려져 있었다. 연희가 장 사장의 치수를 두 점으로 내려 잡고 만들어낸 선물이었다. 「더티 댄싱」은 연소자 관람 불가였으나 장 사장이 초대권에 자신의 이름을 적고 미리 전화를 넣어둔 덕에 별다른 제지 없이 입장했다.

나는 연희를 3층으로 이끌었다. 「벤허」의 한 장면이 그려진 유화가 한쪽 벽을 차지한 출입문을 열자 암막 커튼이 앞을 가렸다. 그 커튼을 걷자 마치 거대한 동굴처럼 큰 극장의 내부가 고스란히 한눈에 들어왔다. 눈앞에 펼쳐진 수많은 객석들은 가슴을 뛰게 했다.

연희가 입을 벌리며 와, 하는 탄성을 질렀다. 나는 연희에게 속삭였다.

"네가 제일 앉고 싶은 자리에 가서 앉아봐."

연희는 천천히 계단을 내려가서 3층의 중간 열에 앉았다. 나도 그 옆에 조용히 앉았다. 나는 매번 그 높은 곳에서 스크린을 내려다볼 때마다 한 세계를 내려다보는 듯한 착각이 들었다. 곧 시작될 영화에 대한 기대 외에는 아무 근심도 들지 않았다. 지역 광고에서 장 사장의 옷가게가 나오자 우리는 동시에 몸을 꼬며 키득거렸다.

# 21

영화 관람을 마치고 우리는 팔달문에서 팔달산으로 이어지는 '백 계단'을 천천히 올라갔다. 연희는 수원에 온 지 석 달이 되어가지만 팔달산은 처음이라고 했다. 계단을 다 올라서 나는 매점에 들어가 베지밀 두 병을 샀다. 난로에 놓인 양푼의 뜨거운 물에 담가 놓아서 유리병은 따뜻했다.

잎이 온통 붉게 물들어 활활 타오르는 듯한 단풍나무 아래에서 우리는 그것을 마셨다. 해가 떨어지며 날이 점점 어두워지고 있었다. 발아래 펼쳐진 시내에서 하나둘씩 불빛이 돋는 광경을 우리는 내려다보았다.

"무슨 생각을 그렇게 해? 평소 너답지 않게."

연희는 영화가 끝나고 마지막 자막이 다 올라갈 때까지 꿈쩍도 하지 않았다. 계단을 오르면서도 별다른 말을 하지 않았다. 그녀는 한참 후에야 조용히 입을 열었다.

"왜 제목이 「더티 댄싱」일까? 하나도 더럽지 않았는데."

"아마 남녀상열지사의 춤이라서 그렇겠지."

"남녀상열지사?"

"남녀가 서로 끌어안고 몸을 비비며 희희낙락하는 거 말이야. 국어 시간에 배웠잖아."

내가 웃으며 말하자 연희는 고개를 저으며 단호하게 말했다.

"아니야, 전혀 더럽지 않았어. 로맨틱했어. 그리고 몸은 아름다웠어."

나는 영화에 대한 내 감상을 말했다.

"이 영화의 교훈은 두 가지라고 생각해. 첫째, 춤을 잘 추는 여자는 사랑받는다. 둘째, 떠났다가 돌아올 땐 예고 없이 나타나야 감동이 크다."

내가 말을 하고 웃자 연희는 별다른 반응 없이 걸음을 옮겼다. 그리고 어떤 충격을 받은 듯 심각하게 입을 열었다. 목소리의 톤이 한 칸 낮아졌다.

"나는 분명히 뭔가를 봤어."

연희는 바둑판에서도 내가 못 보는 수를 많이 보니까 영화에서도 내가 못 본 것을 봤을 것이다.

"뭘 봤는데?"

"마지막 장면에서 자니와 베이비는 어려움을 무릅쓰고 춤으로 뭔가를 보여줬어. 춤이 없었다면 등장인물들은 슬프게 헤어졌을 거야. 두 사람은 춤으로 서로를 이해하고 가장 힘든 순간을 축제로 만들었잖아. 높은 사람과 낮은 사람을 하나로 만들고, 앉아 있던 사람들을 모두 일으켜 세워 뒤섞어버렸어. 그러니까 춤이 거리를 좁혀준 거지."

연희는 마치 방언이 터지듯 무슨 말인가를 줄줄줄 쏟아냈다. 나는 잘 이해할 수 없지만 그녀의 말에 고개를 끄덕이며 그녀가 했던 끝말을 따라했다.

"춤이 거리를 좁혔다고?"

"응. 그러니까 부자인 의사 딸과 가난한 클럽 댄서와의 거리, 가까이 가고 싶지만 가까이 갈 수 없는 거리, 아버지와 딸의 거리 그런 거 말이야."

"근데 너 오늘 좀 이상하다."

국어 점수가 나보다 한참 아래인 연희가 영화를 보며 이런 어려운 생각을 할 줄은 미처 몰랐던 것이다.

"그리고 그 남자는 여자를 날게 해줬어."

연희는 마지막 장면을 떠올리는지 살짝 고개를 들고 하늘을 쳐다보았다. 우리의 발걸음은 강감찬 장군 동상 옆의 비둘기 집으로 향했다. 날이 저문 탓인지 3층짜리 비둘기 집에서 비둘기는 보이지 않고 구구거리는 소리만 들려왔다.

그 엔딩 신에서 내가 기껏 한 생각은 여자를 두 팔로 들어올리는 동작을 하려면 팔 힘이 얼마나 세야 할까, 정도였다. 연희는 여전히 꿈을 꾸듯 먼 곳을 보며 입술을 달싹거렸다.

"나도 날고 싶어."

상당히 감동적으로 영화를 본 게 분명했다. 나는 연희가 두 팔로 들어 올려달라면 어떡하지, 눈치를 보며 걸음을 옮겼다.

비탈길을 오르자 성곽에 닿았다. 산등성이를 타고 동서로 둥글게 뻗어나간 화성(華城)은 웅장하면서도 동시에 아늑했다. 포를 설치했던 포루(砲樓), 비밀 통로인 암문(暗門), 측면 공격이 가능하도록 돌출시킨 치성(雉城)을 지나서 지휘를 하던 서장대(西將臺)에 닿았다.

"이거는 뭐야? 전망대야?"

연희가 서장대 앞에 위치한 노대(弩臺)를 손가락으로 가리켰다. 검은 전돌과 하얀 화강석을 교차시켜 첨성대처럼 쌓은 곳으로 가장 전망이 좋았다.

"여긴 화살을 한 번에 수십 발씩 쏠 수 있도록 장치하던 곳이야. 지금으로 치면 기관총을 설치했던 곳."

"와, 너 정말 똑똑하다."

"어릴 적부터 백일장이나 사생대회 때 여기 자주 왔어."

연희는 올라가고 싶은데 '출입 금지' 팻말 때문에 망설였다. 나는 층계참에 놓인 삼각형 팻말의 앞뒤를 잠깐 뒤집어놓았다. 연희는 웃음을 터뜨리며 계단을 경쾌하게 올라갔다.

사방으로 툭 터진 도시의 정경이 한눈에 들어왔다. 멀리 이어진 성벽의 선들이 힘차면서도 고왔다. 낮게 펼쳐진 도시 저 멀리 작은 거울을 놓은 듯한 서호(西湖)가 반짝였다. 서호 뒤로 불을 밝힌 기차가 긴 띠를 이루며 장난감처럼 지나가고 있었다.

"저쪽이 북문인 장안문이고 이쪽이 우리 기원이 있는 남문, 팔
달문이고. 동문과 서문은 없어졌대."

연희는 내가 손가락을 가리키는 곳을 향해 고개를 돌려 지그시
내려다봤다. 솔숲을 건너온 소슬바람에서 마른 송진 냄새가 났다.
연희의 긴 머리카락이 바람에 흩날렸다. 마치 수평선처럼 그녀의
귓가를 가르며 붉은 노을이 깔렸다. 연희의 뽀얀 이마와 검은 눈썹
과 미농지 같은 눈꺼풀에 입을 맞추고 싶었다. 죽고 난 다음에도
꼭 기억하고 싶은 장면이었다.

노대에서 내려와서는 '출입 금지' 팻말을 제자리에 놓았다. 우리
는 말없이 성곽을 옆에 끼고 돌아서 내려왔다. 육중한 잿빛 성벽을
기어오르는 담쟁이 잎들이 유독 붉었다. 그렇게 산을 내려와서 집
으로 향했다. 잎이 떨어진 플라타너스가 늦가을 하늘을 향해 앙상
한 가지를 뻗는 모습은 회화적이었다. 매교 다리 끝에 서자 연희가
말했다.

"훈아, 사실 나 영화관에서 영화를 본 건 처음이야. 그리고 그런
경양식 집에서 돈가스를 먹어본 것도 처음이야. 정말 촌년이지?"

"아니, 괜찮아. 재밌었다면 다행이지."

"훈아, 그 처음들을 함께해줘서 고마워."

고맙다는 말을 들었지만 쓸쓸했다. 우리가 더 많은 처음들을 함
께할 수는 없을까. 나는 학생왕위전에 대해 말을 꺼냈다. 그 처음
을 연희와 함께하고 싶었다.

"우리 같이 나가자. 너라면 충분하잖아. 돌풍을 일으킬지도 몰라."

"언제 하지?"

"12월 말에."

연희는 고개를 천천히 저으며 돌아섰다.

"미안, 그건 왠지 힘들 것 같아."

## 22

우리는 말없이 빈 반상을 한동안 바라보았다. 십번기의 9번국이
었다. 연희와 마지막 바둑을 둔다고 생각하니 가슴에서 뭔가가 끓
어올랐다. 콧등이 시큰거리고 누군가 조르듯 목이 아파왔다. 사범
님은 옆에서 기보 작성을 준비했다. 이윽고 나는 눈을 들어 연희와
두 눈을 맞추며 입을 열었다.

"한 수 지도 부탁합니다."

내가 고개를 숙이며 말하자 연희도 고개를 숙였다. 이윽고 나는
흑 돌을 집어 내 몸과 가까이 있는 곳의 화점에 착수했다. 연희도
자신의 몸 가까운 화점에 백 돌을 놓았다. 나는 마주 보는 화점에
두었다. 연희는 소목에 착수했다. 나는 변의 화점에 돌을 놓아 다
케미야의 '우주류'를 포석으로 삼았다. 연희가 날일 자로 걸쳐 와
서 두 칸 높은 협공을 했다. 백 돌은 가볍게 중앙으로 한 칸 날아

올랐다.

그동안의 패인을 분석하며 내 우주류 포석은 전에 비해 많이 다듬어지고 가지런해졌다. 연희의 중앙 지배 능력이 탁월하여 그것을 미연에 방지하는 최선의 공격 전략이기도 했다. 한 수 한 수가 소중했다. 사범님은 검은색과 붉은색 볼펜을 바꿔가며 기보에 숫자를 적었다. 포석이 끝나갈 무렵, 눈이 잠깐 마주치자 연희가 눈으로 말하는 소리가 바둑판을 건너왔다.

—훈아, 너 지금 잘하고 있어. 그렇게 너를 믿으면 돼.

—연희야, 나 정말 잘하고 있는 거지?

나도 마음속으로 말을 건넸다. 사범님은 알아들을 수 없는 우리 둘만의 수담이었다.

—좋아, 욕심대로 되는 일도 없지만, 욕심 없이 되는 일도 없어.

—기억해. 네 아버지가 자주 했다는 말씀.

욕심을 가지라는 건 큰 뜻을 품으라는 거였다. 큰 사람이 큰 바둑을 두는 것과 같았다. 넓은 시야를 가지고 큰 그림을 그리며 적의 급소를 향해 힘 있게 칼을 휘두르는 무사가 되라는 뜻이었다.

—이렇게 계획하고 두면 돼. 계획을 하지 않고 두는 건 실패를 계획하고 두는 것과 같아.

—맞아, 사범님의 명언이야.

연희가 양 변으로 길게 날개를 펴자 나는 확장을 견제하며 한 칸 높게 굳혔다. 수담이 오가는 가운데 바둑알이 바둑통에서 딸그락거리다가 손끝에 실려 반상 위에 놓였다. 연희의 행마는 깃털처럼 가볍고 탄력이 넘쳤다. 나는 소신껏 무겁고 견실하게 움직였다.

나는 백의 진영을 삭감하기 위해 어깨를 누르며 압박했다. 백은 일단 다소곳이 기었다. 그리고 나는 과감하게 삼선으로 갈라치고 들어가 백의 진영에 칼끝을 겨눴다. 급소 선점이었다. 상대가 응수하면 기분 좋게 두 칸 벌릴 여유가 있는 곳이었다.

—그래, 거기, 좋아.

—넌 좀 아프지 않아?

—아파도 좋아. 기분 좋은 압력.

—나도 좋아. 이렇게 한 점에 전부를 걸고 뛰어드는 일.

거듭되는 일진일퇴의 공방전이 이어졌다. 전투에 돌입 직전 상황 판단을 하며 상대 세력과 전력을 검토하고 공격의 강약을 조절했다. 나는 긴장하지 않고 충분히 실력을 발휘했다. 그리고 초반에 잡은 우세를 끝까지 유지했다.

—이제 한 수 한 수가 차분하고 치밀하네.

—네가 가르쳐줬어.

바둑은 거의 종반으로 접어들었다. 4귀와 4변, 그리고 중앙을 훑어보자 가장 먼저 처리할 곳이 한눈에 들어왔다. 형세는 전반적으로 내게 유리했다. 나는 큰 곳에서부터 작은 곳까지 선수를 잃지 않으려고 우선순위를 짰다.

—끝내기 30집 알지? 서두르지 말고 냉정하게.

—그래, 끝이 좋으면 모든 게 좋지.

끝내기의 큰 곳들을 처리하고 작은 곳들을 한 수씩 마무리했다.

계가를 위해 공배를 번갈아 메우는 의례적인 절차를 거칠 때도 우리는 차분했다. 연희의 목소리가 건너왔다.

—넌 이미 충분히 알고 있어. 모두 네 안에 있어.

—난 이미 충분히 알고 있어. 모두 내 안에 있지.

나는 그 말을 잊지 않기 위해 따라 했다. 한 치의 흐트러짐 없이 바둑판에 모든 것을 쏟아낸 기분이었다. 흑 돌과 백 돌이 놓인 반상 위에서 그녀와 처음 만나서 함께했던 3개월이 주르륵 지나갔다. 매번 서둘다 그르치고 머뭇거리다 때를 놓쳐 후회하던 순간의 연속이었다. 바둑을 배우던 그 어느 시기보다 참으로 많이 져서 많이 울고, 울면서 단단해지던 단계였다.

반상 위에 이제 더는 둘 수 없는 마지막 지점에 착수했을 때, 폭발 장치의 발화 버튼을 누른 것처럼 나는 한 세계가 소리 없이 붕괴하는 듯한 기분이 들었다. 무언가 조용히 파열하며 어딘지 모를 곳에서 불꽃이 솟구치면서 아득한 진동이 느껴졌다. 트램펄린 위에서 최상의 점프를 할 때처럼 내밀히 들끓는 전율에 나는 숨을 잘 쉴 수 없었다.

—훈아, 이건 우리가 마주 보고 두는 십번기의 마지막 판이야. 하지만 우리의 마지막은 아니야, 알지?

—응, 알아.

계가가 끝나자 사범님이 입을 열었다.

"흑 6집 승이네. 정훈의 3연승!"

사범님은 기보에 대국 종료 시간과 승부를 적어넣었다. 3연승으로 다시 호선 치수를 빼앗아 간신히 체면을 차린 한 판이었다. 지난 3개월 가까이 아홉 판의 우여곡절 끝에 만들어낸 결과는 처음 상태로의 복귀였다.

연희가 눈썹을 반달로 만들며 잠시 웃다가 검지 끝으로 옆의 벽을 가리켰다. 그곳에는 '바둑 십훈'이 걸려 있는데, 연희가 가리킨 것은 8번이었다.

"오늘따라 유독 저 글씨가 눈에 들어오네."

바둑이 주는 열 가지 교훈 중에 그것은 '승고흔연 패역가희(勝固欣然 敗亦可喜)'였다. 승부에서 이기는 것은 진실로 즐거운 일이지만 훌륭한 벗을 만나 수담을 나눌 경우라면 설령 진다 해도 그 또한 기쁜 일이고, 그런 마음의 여유가 있어야 군자라는 뜻이었다.

연희와 나의 눈길이 허공에서 차분히 얽혔다. 나는 눈을 맞추며 아무 말 없이 고개를 끄덕였다. 연희는 준비할 게 많다며 먼저 자리에서 일어나 기원을 나갔다.

# 23

　다음 날 연희는 공항으로 가는 길에 기원에 들렀다. 모자 달린 붉은색 더플코트 차림이었다. 갈색 노끈 매듭에 채워진 검지만 한 나무 단추가 가지런했다. 어깨 아래로 내려온 검은 생머리에 그 붉은색 코트는 잘 어울렸고 흰 얼굴이 더욱 돋보였다. 연합고사를 보름 앞둔 시점이었다.

　연희가 마지막 인사를 하자 바둑을 두던 어른들도 모두 자리에서 손을 높이 흔들었다. 기뻐해야 할지 슬퍼해야 할지 모를 상황이었다. 우리는 연희를 부채꼴로 에워쌌다. 공항으로 가는 차 시간이 임박하자 사범님이 말했다.

　"가서 즐거운 경험 많이 하고. 항상 네가 가진 좋은 점들을 잊지 마."

　연희는 두 발자국 걸어가 긴 팔을 벌려 사범님을 오래 끌어안았다. 원장님은 연희에게 다가와 반으로 접은 흰 봉투를 코트 주머니에 찔러넣었다.

"가서 이기려 하지 말고 잘 견뎌. 잘 견디면 이긴다는 거 너 잘 알지?"

"네, 잘 알아요."

"그래, 낯설고 괴롭더라도 넌 잘 견딜 거야."

연희는 원장님에게도 팔을 벌렸다. 연희의 눈시울과 코끝이 붉어졌다. 나는 그저 '잘 가'라는 한마디만 했다. 연희가 내게 팔을 뻗어 우리는 악수를 했다.

연희가 기원을 나가려고 할 때, 장 사장이 들어섰다. 연희가 장 사장 앞으로 다가가서 지금 공항에 가는 길이라고 하자, 그의 얼굴이 기묘한 불균형을 이루며 일그러졌다. 물이 가득 찬 비닐봉지가 그 자리에서 왈칵 터질 것 같은 얼굴이었다. 연희는 양팔을 벌려 장 사장의 목을 꼭 안았다. 장 사장은 두 눈을 질끈 감으며 연희를 끌어안았다.

연희는 우리 모두에게 고개를 숙여 인사를 했다. 그리고 계단을 내려갔다. 이모와 함께 공항으로 간다고 했다. 사범님과 원장님과 장 사장과 나는 네 개의 화점처럼 일정한 간격을 두고 잠시 서 있었다. 우리는 서로 외면하며 고개를 숙이거나 다른 곳을 보았다.

나는 어찌할 바를 몰랐다. 헤어짐의 선물이나 편지 혹은 인사말을 준비하지 않은 게 바보 같고 후회스러웠다. 머릿속에서는 이것이 마지막일지도 모른다는 안타까움만 들었다. 내 삶에서 중요한 무엇이 빠져나가는 순간이었다.

나는 기원의 유리문을 열고 뛰쳐나갔다. 그리고 4층 계단을 미친 듯이 뛰어 내려갔다.

"연희야!"

2층 계단에서 부르자 1층으로 내려가는 그녀가 멈춰 서서 뒤를 돌아보았다. 그녀는 나를 올려다보았다. 연희는 울고 있었다. 나는 천천히 계단을 내려가 그녀에게 가까이 갔다. 연희를 한 번만 끌어안고 싶었다. 꿈속에서처럼 그녀를 내 가슴에 품고 싶었다.

나는 가까이 다가가 목울대가 아플 만큼 눈물을 꿀꺽 삼켰다. 우리는 잠시 서로를 바라보았다. 나는 손을 조심스레 뻗어 그녀의 머리에 살포시 올렸다. 그리고 눈을 감았다. 연희를 잊지 않기 위해서였다. 이제 다시는 못 볼지 모를 그녀가 내 손바닥에 닿아 있었다. 이윽고 나는 눈을 뜨고 입술을 뗐다.

"연희야, 잘 가."

술 취한 사람처럼 어눌한 내 목소리가 계단에서 낮고 길게 늘어졌다. 연희가 손을 들어 눈가의 눈물을 닦았다.

"그래, 잘 있어."

그녀는 벽을 손으로 짚고 다리를 휘청거리며 조심조심 아래로 내려갔다. 그리고 뒤를 한 번 돌아보며 손을 흔들었다. 나도 손을 흔들었다. 곧 그녀는 시야에서 사라졌다.

몇 계단을 더 내려간 나는 그만 자리에 주저앉고 말았다. 꾹꾹 눌러둔 눈물이 뜨겁게 쏟아졌다. 말은 입 밖으로 나오지 않고 마음속에서만 목이 쉬도록 맴돌았다.

'연희야, 가지 마. 나는 너를 좋아해. 연희야, 가지 마. 나는 너를 정말 좋아해!'

그길로 나는 울면서 집에 갔다. 스포츠 거리와 중동사거리, 조흥은행 앞을 지나 자주 걷던 가로수 길을 눈물을 훔치며 걸었다. 많은 사람들이 옆으로 지나갔지만 아무런 신경이 쓰이지 않았다.

나는 주문처럼 연희의 이름만 불렀다. 그녀를 처음 인식하던 미술 시간부터 고 형을 이기던 놀라운 한 판, 허리를 곧게 펴고 착수하는 가늘고 긴 손가락, 웃을 때마다 둥글게 휘는 반달 같은 눈매, 난감한 상황에서 윗니로 아랫입술을 깨물던 표정, 내가 유리컵을 깨자 용기 있게 그것을 쓸어 담던 모습, 음료수를 마실 때 모아지던 입술의 긴장, 처음 돈가스를 먹고 극장에서 영화를 봤다고 말하던 순간, 그 처음을 함께해줘서 고맙다고 말하던 장면들이 떠오르자 나는 못내 그녀가 불쌍하고 가엾고 애틋했다.

매교 다리를 지나자마자 나는 그 자리에서 무릎을 꿇고 주저앉아 울었다. 그리고 마침내 길모퉁이에서 토하고 말았다. 두 귀로는 아무 소리도 들리지 않았다. 입에서는 울음이 터져 나오고, 눈과 코에서는 눈물이 흘러나왔다.

이토록 커다란 슬픔의 주머니가 내 안에 있다는 것을 나는 처음 알았다. 주먹으로 세게 맞은 것처럼 눈알이 빠져나올 듯 아팠다. 어마어마하게 큰 괴물이 내 배 속에 손을 넣어 내장을 몽땅 끄집어낸 듯 속이 허전했다.

집에 도착하자마자 방으로 들어간 나는 침대 위에서 애벌레처럼 몸을 말고 이불을 뒤집어썼다. 내일부터 그녀를 다시는 볼 수 없다는 사실이 거짓말 같았다. 벌써부터 연희가 미칠 듯이 보고 싶었다.

사흘이 지나서 기원에 들어섰을 때, 나는 원장님께 목례를 했다. 기원은 얼핏 보기에 별다를 바가 없었지만 왠지 활기가 떨어지고 텅 빈 듯했다. 원장님은 신문으로 얼굴을 가렸지만 인사를 받는 얼굴이 시무룩했다. 사범님은 평소처럼 기보를 복기했으나 그다지 몰입하는 것 같지 않았고, 시끄럽던 장 사장도 턱을 괴고 멍하니 다른 사람의 대국을 보았다.

벽에는 여전히 연희와의 십번기 전적표가 붙어 있었다. 9전 3승 1무 5패. 공란으로 남은 마지막 한 칸은 언제 채워질지 미지수였다. 출입문이 열릴 때마다 나는 고개를 들어 그쪽을 쳐다보다가 문득 바둑판 아래를 들쳐보았다. 편지 봉투가 보였다. 나는 그것을 빠르게 꺼내어 점퍼 안에 품었다. 자리에서 일어나는 나를 보고 장 사장이 힘없이 말을 걸었다.

"야, 빈삼각, 그러지 말고 한판 붙자. 약 먹은 병아리처럼 빌빌 대지 말고."

고 형이 사라지고 연희가 떠나자 장 사장은 마땅한 대국자가 없는 듯했다. 실력이 비슷하거나 나은 사람은 나와 사범님뿐인데, 사범님은 어려우니까 나를 잡고 늘어졌다. 나는 대꾸도 하지 않고 밖으로 나와서 옥상으로 올라갔다. 그리고 봉투를 열어 접힌 편지지를 펼쳤다.

　네가 이 편지를 읽을 즈음이면 나는 아마 비행기를 타고 푸른 하늘을 날고 있을 거야. 훈아, 사실 나 많이 무서워. 샌프란시스코가 어떤 곳인지도 모르겠어. 말도 통하지 않고 친구도 없는 곳에서 앞으로 어떻게 살아갈지…… 불 꺼진 지하실에 갇힌 것처럼 눈앞이 캄캄해.

　훈아, 어제와 오늘은 짐을 싸며 오래 울었어. 울지 않으려고 입술을 깨물며 참았거든. 근데 네가 그동안 작성해준 기보를 손에 들었는데, 그 못생긴 글씨를 보니까 터지는 눈물을 참을 수가 없었어. 너는 아마 모를 거야. 너의 관전기가 내 가슴을 얼마나 뛰게 했는지. 엄마로부터 연락이 올 때까지 기다리던 그 막연한 시간을 어떻게 버티게 해줬는지……

　마지막 부탁이 있어. 겁쟁이가 되지 말고 용감한 사람이 되어줘. 이기는 바둑을 두지 말고 즐기는 바둑을 두어줘. 얼간이가 되지 말고 부디 근사한 사람이 되어줘. 그리고 나를 꼭 만나러 와줘.

―너의 영원한 상수, 연희.

　P. S. 십번기 마지막 한 판 남은 거 알지? 정신 똑바로 차리지 않으면 안 될 거야. 그럼 내가 첫수를 둘게. 4의 四.

동글동글한 연희의 글씨체를 보니 이제는 말랐을 거라고 여겼던 눈물샘이 다시 차올랐다. 그녀의 목소리가 들리는 듯했다. 한밤중에 짐을 싸다 말고 울면서 내가 쓴 관전기를 읽는 연희를 상상하자 콧등이 찡했다. 나는 그녀의 마지막 부탁을 여러 번 읽었다. 울지 않으려 했으나 한번 눈물이 터지자 걷잡을 수가 없었다. 결국 나는 편지지에 얼굴을 파묻고 겁쟁이 혹은 얼간이처럼 흐느꼈다.

　엄마의 당부대로 열흘간 기원에 나가지 않았다. 고등학교 입학 시험 총정리를 위해서였다. 그리고 힘없이 연합고사를 치렀다. 시험을 마치던 날, 성민이는 내게 영화관에 가자고 했으나 나는 고개를 젓고는 집으로 돌아왔다. 키득거리며 분식집에서 저녁을 먹고 떼로 몰려가서 총소리가 난무하는 홍콩 느와르를 보고 싶지는 않았다. 극장에서 나오면 몰래 숨어서 담배를 피우거나 빈집에 몰려가 여자 얘기를 하며 맥주를 홀짝일 게 뻔했다.

　나는 방으로 돌아와 이불을 덮어쓰고 애벌레처럼 누었다. 곧 고등학생이 되면 내가 아끼고 정들었던 것들과 헤어져야 한다는 게 아쉬웠다. 이미 나는 연희를 잃었고 곧 바둑도 그만두게 될 게 뻔했다. 아침 일곱 시 반에 등교하여 밤 열한 시까지 대학 입시를 준비하는 생활이 이어질 게 뻔했다. 앞으로 펼쳐질 시간에 대한 두려움과 막연함이 검고 무서운 파도처럼 몰아쳤다. 3년 형을 선고받고 수감되기 직전 죄인의 심정이었다.

　나는 팔을 뻗어 카세트의 플레이 버튼을 눌렀다. 테이프는 여전히 '1979~1987 추억 들국화'였다. 테이프가 두 바퀴쯤 돌 때까지 누워 있다가 다시 A면의 2번곡 「북소리」가 시작될 때였다. 긴박하게 빨라지는 드럼 소리에 이어 말을 타고 경쾌하게 질주하는 듯한 피아노 반주가 나오자 나는 자리에서 일어나 앉았다. 그리고 전인권의 보컬이 그 전주를 뚫고 어둠 속으로 솟아오를 때 나는 벌떡 일어났다.

외롭게 지내온 날들이
나에게 다시 찾아온다 해도
나는 나의 길을 가겠어요
자유로운 마음 된다면

크던 꿈들 이룰 수 없다 해도
내 것들을 잃어버린다 해도
나는 계속 꿈을 꾸겠어요
자유로운 마음 된다면

어디선가 설레이며
북소리 들리는데

언젠가는 열릴 거야

미로 속의 세계들이


어느새 나는 큰 소리로 노래를 따라 부르고 있었다. 아니, 노래 한 곡이 통째로 내 안에 쑥 들어찼다는 표현이 더 맞았다. 바람을 가르며 신나게 달려 나가는 피아노 속주에 맞춰서 나는 로커처럼 악을 썼다.

"우우 우후우우 후우우 후우우 후우 라랄랄라라 우우 우우 예!"

갑자기 방문이 벌컥 열리며 엄마와 아버지가 들어왔다. 두 분은 놀란 나머지 눈을 동그랗게 뜨고 입을 벌린 채 서 있었다. 별다른 제지도 못하고 마치 미친놈을 바라보듯 경악스러운 표정이었다. 노래의 절정 부분에서 나는 머리를 뒤로 젖히고 몸을 비틀며 목이 찢어지도록 짐승처럼 울부짖었다.

"우우 우우 우 에에 우 우 우우 우우우우 우우우 에에헤에에!"

내게는 아직 해결할 일이 하나 남아 있었다. 생각만 해도 심장과 맥박을 불끈불끈 들뜨게 만드는 그 일을 매듭지어야 했다. 어서 오라고 손짓하며 머리 한쪽에서 끝없이 울리는 그 북소리를 따라가야 했다.

## 25

    다음 날 학교가 파하자마자 나는 기원으로 달려갔다. 엄마는 기말고사를 마치기 전까지 기원 출입을 엄하게 금지했지만 기말고사보다 더 중요한 일을 해결해야 했다. 연희가 떠나고 내가 제일 먼저 버린 것은 망설임과 주저함이었다.

    출입문을 열자마자 나는 위쪽 창가로 성큼성큼 걸어갔다. 장 사장은 껌을 소리 나게 씹으며 다리를 떨면서 신문을 보다가 의아한 얼굴로 나를 올려봤다. 나는 말없이 맞은편 의자를 당겨 앉은 뒤 고개를 숙였다. 그리고 바둑알 뚜껑을 열어 흑을 들고 화점에 착수했다.

    "이거 뭐야, 빈삼각? 호랑이 굴에 제 발로 기어들어 오다니. 간이 배 밖으로 튀어나온 거 아냐?"

    나는 연희와 호선 치수였다. 장 사장은 연희에게 두 점을 까는 하수였다. 연희와 대등한 치수의 실력을 증명하려면 장 사장을 두 점으로 접어버려야 했다. 이것이 연희가 만들어놓고 떠난 역학관계였다. 이 치수가 틀리지 않다는 것을 확인하는 일이 연희와의 마지막 10번국을 대하는 첫걸음이었다.

"호, 이 자식 봐라."

장 사장은 신문을 확 구겨 던지며 백 돌을 놓았다. 여전히 장 사장은 상황이 곤란해지면 담배 연기를 뿜어내고 다리를 떨거나 바둑알을 쾅쾅 내리찍으며 욕설을 해댔다. 나는 마음속으로 미스 심플과 콘슨 양을 불러 양옆에 앉혔다. 셋이 두는 게 훨씬 든든했다.

끝내기를 마치고 계가를 하니 반상에서는 흑이 2집을 앞섰다. 그러나 5집 반 덤을 공제하자 3집 반 패였다. 오랜만에 둔 탓에 실책을 몇 군데 범한 탓이었다.

"뭐야, 빈삼각? 하나도 안 늘었잖아? 네가 연희와 호선이란 걸 누가 믿어?"

장 사장은 간신히 이겨놓고는 거들먹거렸다. 내 실력을 인정하지 않는 태도였다. 대국에서 졌어도 별다른 감정의 동요가 일어나지 않았다.

"인마, 연희가 같은 반 친구라고 살살 봐준 거 여기 모르는 사람 없어. 이 동네 똥개도 다 알아."

자존심을 팍팍 짓밟는 말이었다. 그가 떠들든 말든 바둑알로 쌈치기를 하든 말든 다만 견디며 적절히 대응하는 길 외에는 없었다.

"한 수 더 지도 부탁드립니다."

"이번 판 지면 너 두 점 깔아라!"

"이번 판 지면 두 판을 지는 건데 왜 치수를 바꿔요?"

"너 작년 대회 결승에서 나한테 졌잖아."

장 사장은 작년 연말 기원 대회에서 이긴 결승 대국을 포함해서 자신이 2연승한 거라고 치졸한 억지를 부렸다. 이건 1년 전 축구 시합에서 1점 차로 승리한 팀이 새삼 그 점수에 이어 게임을 하자고 우기는 것과 마찬가지였다. 역시 이해하기 쉽지 않은 사람이었다. 그러나 나는 고개를 끄덕였다.

"좋아요. 1년 전 그 판을 인정하더라도 이번 판에 져서 3연패면 흑을 잡아야지 왜 두 점을 깔아요?"

장 사장은 단칼에 내 의사를 뭉개버렸다.

"아, 거 자식 엄청 따지네. 두려면 두고 말려면 말아. 난 하수와 괜한 시간 낭비하기 싫으니까!"

장 사장이 고개를 돌려 다른 곳을 쳐다봤다. 동네 구멍가게 앞 강아지처럼 거의 매일 발로 툭툭 차며 한판 두자던 때와는 전혀 딴판이었다. 치수를 두고 흥정을 하는 셈이었다. 전이라면 그런 얼토당토않은 소리에 나는 그만 자리에서 일어났을 것이다.

나는 미스 심플과 콘슨 양의 손을 놓았다. 그녀들을 마음속에서 지우고 대신 미스 신갈, 아니 연희를 불러내어 옆에 앉혔다. 우리는 손을 잡았다. 나는 연희의 대국을 처음부터 끝까지 보았고 기보로도 기록을 남겼으며 직접 십번기를 두었으므로 여전히 어떤 기운에 영향을 받고 있었다. 연희는 기원을 떠났어도 나를 떠난 건 아니었다.

이제는 상대를 충분히 탐색하고 작전을 세우고 의견을 조율할 여유가 없었다. 내게 실력이 있으면 이길 것이고, 없으면 질 게 분명했다. 나는 욕심도 불안도 없이 조용히 바둑알을 바꾸어 한 점을 착수했다.

각자 네 귀를 번갈아 차지하고 백을 쥔 내가 우상귀 흑의 소목에 한 칸 높은 걸침을 하자 흑은 날일 자로 밑에 붙여왔다. 소목을 치받으며 늘어서자 흑도 3선으로 늘었다. 내가 소목의 돌을 젖히니 흑은 3선 변으로 머리를 내밀었다. 백도 4선으로 늘어서자 장 사장은 세 점 머리를 강하게 치고 나왔다. 백을 3.3에 두어 소목에 단수를 치니 흑은 2선으로 늘었다. '눈사태형 정석'이었다.

심상치 않았다. 모양새가 마치 눈사태가 난 것 같아서 대붕설형(大崩雪形)이라 불리는 이 정석은 수십 년 전부터 두어졌지만 최근까지도 새로운 수법이 등장할 만큼 난해하기로 유명했다. 흑 돌과 백 돌이 낱낱이 끊기고 흩어져 그만큼 경우의 수가 많고 변화가 심했다. 일단 시작되면 바둑판의 절반가량을 차지하는 수의 전개가 불가피해서 프로 기사들도 꺼리는 미완의 행마였다.

각각의 경우의 수에 따른 변화를 모두 외우는 건 거의 불가능하므로 깊은 수읽기로 적절하게 응수를 타진하는 길 외엔 없었다. 나는 전에 공부를 했으므로 오히려 장 사장보다는 유리했다. 바둑은 초반부터 수런대기 시작했다. 우상귀에서 뻗어나간 돌의 방향이 상변, 우변, 중앙으로 줄기와 가지를 틔우며 마구 자라나기 시작했다. 자칫 잘못하면 와르르 무너지는 눈사태로 모조리 휩쓸려갈 듯 아슬아슬했다.

잃는 것과 얻는 것이 명징하게 남는 정석이어서 나는 부분과 전체를 염두하며 가능하면 조금 잃고 많이 얻기 위해 착수의 방향에 몰두했다. 전에 외운 정석을 떠올리려 애쓰지 않았기 때문에 장 사장의 변수에 당황하지도 않았다. 삼번기에서 사범님께 배운 심국(審局)과 도정(度情)은 도움이 되었다. 형세를 살피고 마음을 들키지 않으면 그뿐이었다.

계가를 마쳤을 때, 나는 반상에서 6집을 이겼다. 덤을 합하면 11집 반 승리였다. 한 판을 지고 한 판을 이긴 셈이었다. 나는 잠깐 거기서 판을 끝내고 싶었다. 거의 1년간 상대하지 않던 장 사장과 하루에 두 판이면 충분했다. 그것도 1대1이니 누가 봐도 보기 좋은 모양새였다. 그러나 나는 내가 이긴 한 판이 우연한 사건이 아니라는 걸 증명하고 싶었다.

"빈삼각, 너 미친 거 아냐?"

"제가 살짝 맛이 갔나 봐요. 장 사장님이 잘생겨 보여요. 한 수 더 배우겠습니다."

나는 유들유들 웃으며 농담으로 받아넘겼다. 장 사장이 나를 무섭게 노려보며 씹어뱉듯이 말끝에 힘을 주었다.

"기절초풍할 노릇이군. 어린놈이 건이노 방방지게 스리!"

그 말이 떨어지자 장 사장의 패거리들이 어슬렁거리며 바둑판 주위로 모여들었다. 하나같이 후줄근한 셔츠를 며칠째 입거나, 머리를 감지 못해서 비듬 범벅이거나, 험상궂은 인상의 중년들이었다. 장 사장은 나이 어린 사람의 기를 죽일 때, '건방지다'는 표현을 일본어 억양에 맞춰 늘 그렇게 말했다.

몇몇 구경꾼들도 가세하여 바둑판을 둥글게 에워싸자 주위가 어두워졌다. 전에는 장 사장의 그런 눈빛 앞에서 기세가 눌리고 어깨가 움츠러들었을 텐데, 이제는 왠지 그가 유치하고 한편으로 초라해 보였다. 나는 고개를 숙여 인사를 하고 돌을 집었다.

착수가 시작되자 포석은 내 뜻대로 전혀 설계되지 않았다. 장 사장은 초반부터 칼끝을 세우고 몸을 날려 쳐들어왔다. 끈적끈적하고 무시무시한 일찍이 경험하지 못한 진검 대결이었다. 예측불허의 상황 속에서 80수까지가 일사천리로 진행됐다. 장 사장의 한 수 한 수는 심장과 목덜미를 향해 빠르게 날아들었다. 이른바 상대의 목숨을 요구하는 비수(匕首)였다. 그는 쪼고 몰고 누르고 찌르고 날리고 끊고 젖히고 에워싸면서 맹공을 퍼부었다.

나는 막고 뛰고 돌고 피하고 되묻고 맞끊고 받아치고 벗어나면서 그의 허점을 향해 일침을 가했다. 그의 칼날은 날카로웠으나 칼이 지나가는 방향이 한눈에 보였다. 그의 행마는 힘에 넘쳤지만 한편으론 무거워서 속내를 쉽게 들켰다. 내가 그런 수들을 읽게 된 건 그동안 순전히 많이 얻어터진 덕분이었다. 많이 얻어터지면 맞지 않기 위해 주먹을 보게 마련이다.

처음 벌인 국지전에서 손해를 입자 그는 다음 국지전에서 더욱 성급한 무리수를 뒀다. 형세 회복을 위해 노골적으로 대마를 잡으러 오는 것도 문제였다. 결국 장 사장은 반상에서 곤마를 세 개나 만들고 말았다. 나는 별로 큰 힘을 들이지 않고 그 판을 대마 살육 전으로 마무리 지었다.

"젠장, 이런 학삐리 바둑에 오늘 꼼짝을 못하네!"

장 사장은 가래침을 끓어 올려 옆의 재떨이에 퉤, 하고 뱉었다. 그리고 바둑돌을 바둑통에 팽개치듯 내던졌다. 구경꾼들이 웅성웅 성거렸다. 나는 천천히 돌을 거뒀다.

두 판을 연거푸 이겼기 때문에 이번 판만 이기면 장 사장은 한 수 아래로 치수 조정이 들어갔다. 대국을 위해 돌을 바꾸려 하자, 장 사장은 내 손목을 잡았다.

"아, 오늘은 그만. 선약이 있어서!"

"뭔 약속이래? 아깐 삼겹살이나 먹자더니?"

그의 패거리 중 한 명이 눈치 없이 고개를 내밀고 묻자 장 사장 은 곧바로 그의 뒤통수를 후려갈겼다. 장 사장의 표정은 좀 침울해 보였는데, 그런 까닭인지 얼굴이 유난히 길어 보였다. 나는 고개를 숙여 인사했다.

"잘 배웠습니다."

그리고 자리에서 일어났다. 언제 왔는지 사범님은 웃으며 내 어 깨를 두드렸다. 우리는 연구실로 자리를 옮겨 따뜻한 녹차를 마셨 다. 연합고사와 근황에 대해 얘기하다가 연희에 대한 말이 나오자 사범님은 지난 9번국 기보를 건네주었다. 내가 그것을 보자 사범 님은 한곳을 검지 끝으로 가리켰다.

"여기가 승부처였어."

흑을 쥔 내가 좌하귀에서 여덟 집짜리 비마뛰기를 해서 선수를 뽑는 착점이었다. 9번국 끝내기의 하이라이트였다.

"맞아요. 속으로 환호성을 질렀어요."

나는 짧게 대답했다.

"백이 비마뛰기를 허용했어. 백진을 비마로 깨뜨리도록 틈을 줬단 말이야."

사범님은 '백이 허용했고 틈을 줬다'고 표현했다. 그는 이어서 말했다.

"연희가 거기서 이렇게 아래로 젖혀서 잇고, 네가 가일수한 뒤에 여기로 가면 네가 두 집 밀리는 바둑이야. 그런데 연희가 여기서 손을 빼자 네가 비마를 날렸잖아. 이후 선수는 네 차지가 됐지."

그건 맞는 말이었다. 나는 슬쩍 웃으며 물었다.

"혹시 못 본 건 아닐까요?"

사범님도 슬쩍 웃었다.

"연희는 끝내기 귀신이야. 난 연희가 손을 떼고 저쪽에 둘 때, 윗니로 아랫입술을 깨무는 거 봤어."

실은 나도 보았다. 연희가 그 큰 곳에 둘까 안 둘까를 망설일 때 윗니로 붉은 입술을 질끈 깨무는 것을. 연희는 마음을 굳힌 듯 손을 뺐고, 나는 기다렸다는 듯 깊숙이 뛰어들었다. 선수를 빼는 큰 끝내기여서 그곳에 두지 않을 수 없었다.

갑자기 목이 말라서 나는 식은 녹차를 한번에 다 마셨다. 사범님은 찻잔을 채워주며 말했다.

"연희가 우리에게 참 많은 것을 남겼다, 그렇지?"

## 26

장 사장은 더는 내게 바둑을 두자는 시비를 걸지 않았다. 물론 '빈삼각'이라는 별명도 부르지 않았다. 나는 연희에게 그동안의 근황에 대해 긴 편지를 썼다. 연합고사를 치른 일, 장 사장을 이긴 일, 어수선한 중3 교실 그리고 김완선이 연말 가요대상 가수상을 수상한 일도 적었다. 끝에 착점 번호를 넣는 것도 잊지 않았다.

스무 날쯤 지나자 그녀에게서 샌프란시스코 소인이 찍힌 엽서가 처음 도착했다. 우편함에 꽂힌 그 엽서 한 장은 너무 신기한 나머지 천국에서 보낸 것 같았다. 해 질 녘 금빛으로 물든 하늘과 바다를 가르며 장중하게 뻗어나간 금문교는 내게 그 천국으로 이어지는 다리처럼 보였다. 구정물이 흐르는 매교 다리와는 상대가 되지 않았다.

훈아, 여기는 바둑판도 없고 기원도 없어. 도화지에 자를 대고 볼펜으로 그린 바둑판을 벽에 붙이고 너의 착점과 나의 착점을 표시하고 있어.

대신 근처에는 댄싱 시어터가 있어. 재즈 댄스 아카데미에서 춤을 배우기 시작했어. 음악에 맞춰 몸을 움직이면 날아갈 듯 자유로워. 춤을 추는 동안은 한마디도 하지 않아도 돼. 너보다 더 멋진 남학생은 아직 만나지 못했어. 4의 十六.

—너의 연희로부터


나는 들고 다니는 얇은 사활 문제집에 엽서를 꽂고 틈틈이 꺼내보았다. 전에 연희가 한 말들이 시도 때도 없이 떠올랐다. 가까이 지낼 때는 이해할 수 없던 말들도 그녀가 떠나자 거짓말처럼 이해되었다.

첫눈이 내려 쌓이고 겨울방학이 시작됐다. 나는 눈에 보이지 않으면 멀어진다는 영문 속담 'Out of sight, out of mind'가 때로는 효력이 없다는 걸 알았다. 어떤 그리움은 멀리 떨어져도 끝없이 두터워졌다.


지난 연말에 학생왕위전에 출전했어. 장 사장님이 차로 서울 대회장까지 태워다주셨어. 높은 상금이 걸린 새 대회가 비슷한 시기에 열려서 기량이 좋은 친구들은 그쪽으로 빠져나갔어. 운이 좋았던 걸까? 나는 중등부 3등을 했어. 어때, 괜찮은 성적이지?

돌아오는 차 안에서 사범님께서 말씀하셨어. "너는 3등이지 3류는 아니야." 무슨 뜻이냐고 다시 여쭤보니 3류는 좋지 않지만 3등은 괜찮대. 장 사장님도 한마디 하셨어. "잘 만난 라이벌, 못난 책 열 권보다 낫다"며 네가 사는 샌프란시스코를 향해 열 번 엎드려 절하래. "16의 四" 총총.

P. S. 참, 미국 돈가스는 맛있니?


나는 연하장을 쓰고 학생왕위전에서 3등 메달을 걸고 찍은 사진을 동봉했다. 양옆에는 사범님과 장 사장이 이를 드러내고 웃고 있었다. 연희가 얼마나 반가워할까, 상상하니 가슴이 두근거렸다. 그러나 기대와 달리 답신은 빨리 오지 않았다. 한 달이 훌쩍 지나서 날아온 엽서에는 단 두 줄만 적혀 있었다.


You are my champion! See you soon. 4&10.


우편 바둑의 포석이 진행될 무렵 연희의 엽서는 영어로 바뀌고 문장도 짧아졌다. 도착하는 데 약 열흘이 걸렸으므로 부지런히 두어도 한 달에 세 수 정도밖에 진행되지 않았다.

나는 서둘러 편지를 보냈다. 고입 준비 영어 학원을 드나들며 바둑 책 대신 『성문기본영어』를 달달 외우고 다닐 무렵이었다. 소리 내어 말하는 모든 영어 문장은 그녀를 향한 것이었다. 나는 남들보다 영어 공부를 두 배로 열심히 했다.

네가 떠난 뒤 나는 세계지도를 방 벽에 붙여놓았어. 하루에도 몇 번씩 나는 그 지도 앞에서 네가 있는 곳과 내가 있는 곳을 가늠해. 위도와 경도로 나뉜 지도는 마치 바둑판 같아. 너는 좌상변에 살고 나는 우상변에 살아. 태평양을 두고 떨어져 있지만 우리의 행마는 서로 영향을 주고받고 있어. 우린 같이 진동하고 있어. 같은 맥박으로 뛰고 있어. 너도 그걸 알지? 나는 어디에 승부수를 던져야 할까? 연희야, 네가 보고 싶어. 이번 대국의 이름을 나는 '세상에서 가장 느리고 뜨거운 승부'라고 붙였어. 근사하지? "6의 十七" 총총. 너의 영원한 기우(棋友), 훈.

석 달가량 주고받던 서신은 차츰 내용이 짧아지고 횟수가 뜸해졌다. 마지막 엽서는 고작 한 줄이었다.

I miss you, too. J&16. Cheers.

그리고 고교 입학 후 얼마 지나지 않아 그마저 끊기고 말았다. 대국은 포석의 윤곽이 완전히 잡히기 전이었다.

엽서 바둑에서 보인 연희의 착수는 별다른 고민이나 맥락이 없어 보였다. 낯선 환경에 적응하느라 그녀는 이쪽에 흥미를 잃은 듯했다. 나 역시 부쩍 어려워진 고교 공부를 허둥지둥 따라가느라 돌을 만질 시간이 없었다.

중간고사가 시작될 무렵 귀가하자 방 한쪽에 놓인 바둑판에서 매우 느리게 진행되던 연희와의 대국은 흔적 없이 사라졌다. 엄마는 바둑판과 바둑알, 바둑 책까지 싹 치워버리고 말았다. 내가 조용히 항의하자 엄마는 작심한 듯 물러서지 않았다.

"이게 어떻게 된 거예요?"

"어떻게 되긴, 그렇게 된 거야."

"이래도 되는 거예요?"

"그래도 된다고 생각해, 엄마는."

"도대체 어디까지 갈 거예요?"

"하는 거 봐서. 당장은 여기까지만."

나는 엄마를 바라봤다. 문득 그녀가 선녀일까 악녀일까 의문이 들었다. 악으로 선을 행하는 사람일까? 너무 지치고 늦은 밤이어서 화를 낼 여력이 없었다. 사라진 것을 되돌린다고 해도 행복할 것 같지는 않았다.

나는 교복을 벗고 따뜻한 물로 오래 샤워를 했다. 수건으로 물기를 닦고 뿌연 김이 서린 세면대의 거울을 손바닥으로 문지르자 불과 몇 개월 사이에 중학생에서 고교생으로 바뀐 내 얼굴이 비쳤다. 약간 낯설었지만, 전보다 좀더 성숙하고 단단해 보였다.

나는 방으로 돌아와 스탠드 불을 밝히고 연희에게 편지를 썼다. 편지를 쓰다가 무려 다섯 번이나 중간에 망쳐서 나는 밤새 손 갈퀴를 세워 짧은 스포츠형 머리를 미친 듯이 긁었다.

네가 해준 말을 곱씹었어. 우리의 의지를 방해하는 훼방꾼들 말이야. 상대가 반상에서 내 집을 깨고 들어올 때, 삭감과 치중이 들어올 때, 돌의 연결을 끊을 때, 협공으로 끝없이 괴롭히고 압박할 때…… 너는 어쩔 수 없이 맞붙어 싸워야 한다고 말했어.

연희야, 나는 오랫동안 행복을 오해했어. 하고 싶은 대로 하고 아무런 방해도 없는 것을 행복이라 착각한 거야. 그런 일은 드물기 때문에 드물게 행복했어. 이제는 흑 돌과 백 돌이 번갈아 놓이듯 행복 옆에 불행이 따라붙는다는 걸 알아.

행복이란 훼방꾼이 전혀 없는 게 아니라 훼방꾼에게 눌리거나 휘말리지 않고 적절히 대응하는 자세에 있다는 것을 알게 된 거야. 그렇게 끝없이 다가오는 불확실한 것들에 적절히 반응하도록 바둑이 우리를 연습시킨 것이겠지. 한계를 인정하면서 그 안에서 늘 새롭게 방향을 찾아가라는.

연희야, 세상에서 가장 느리고 뜨거운 우리의 승부는 이제부터일 거야. 우리의 의지로 다가올 시간들과 뒤엉키며, 우리의 몸으로 닥쳐올 사건들과 반응하며 만들어가는 거겠지? 그것이 우리가 맞이할 십번기의 마지막 한 판일 거야.

나는 착수 번호를 쓰지 않았다. 우리의 마지막 한 판은 앞으로 펼쳐질 각자의 인생이라고, 제법 비장하게 고쳐 쓴 편지 한 장이 완성됐을 때는 창밖에 주홍빛으로 동이 트고 있었다. 나는 편지지 위에 손을 대고 한동안 고단한 눈을 감았다가 그것을 봉투에 넣었다.

고등학교 생활은 숨이 막혔다. 밤 열한 시가 넘어 자율학습이 끝나면 나는 축 늘어진 어깨로 귀가해서 아파트 입구의 철제 우편함을 습관적으로 확인했다. 그러나 손끝에 닿는 것은 광고 전단지 혹은 먼지뿐이었다. 어쩌면 연희는 이사를 했을지도 모르고, 답신을 미루는 것일 수도 있고, 내 이름 따위는 잊을 정도로 멋진 백인 남자 친구를 사귀는지도 몰랐다. 그것도 아니면 마지막 한 판을 직접 몸으로 분주히 살고 있을지도 몰랐다.

 지하의 출연자 접견실로 가려면 긴 복도를 여러 번 꺾어서 걸어야 했다. 그 시절 연희를 만난 건 축복받은 우연이었다. 언젠가 넘어야 할 단계를 그녀를 통해 넘었기 때문이다. 동시에 그녀는 내게 돌을 던지고 떠난 사람이었다. 성장기의 수면 한가운데 떨어진 그 돌의 파동은 상당히 넓었고 오래갔다.

 연희가 떠난 후에도 나는 그녀를 자주 꿈꿨다. 밤에 잠을 자는 순간뿐만 아니라 간혹 황홀한 풍경을 볼 때, 아름다운 음악을 들을 때, 바둑판과 마주칠 때, 티브이에서 미국 소식을 들을 때도 나는 그녀를 꿈꿨다. 스파게티, 초밥, 베트남국수 등의 외국 음식을 처음 먹을 때도 나는 그녀의 반응이 궁금했다. 어떤 일의 처음에는 습관적으로 연희가 따라왔다.

 상당한 시간이 흘러서야 그녀에 대한 나의 감정을 많은 사람들이 '사랑'이라 부른다는 것을 알았다. 서른이 넘어서까지 학창 시절과 사회생활을 통틀어 나는 한 사람 때문에 길에서 구토를 할 정도로 울어본 적이 없었다. 몇 번의 헤어짐을 경험했지만 그렇게 내장이 송두리째 뽑혀나간 듯한 허전함까지는 아니었다. 연희를 그리워할수록 나는 그녀가 누구인지 가늠할 수 없는 미로처럼 여겨졌다.

사랑이 한 개인을 변화시키는 과정에서 특별한 현상을 찾으라면 상대의 말을 기억하려는 욕망일 것이다. 사랑에 빠진 순간, 상대는 단지 이 우주의 한 사람이 아니기 때문이다. 그 한 사람이 바로 전 우주인 탓에 그 사람의 말은 전 우주가 내게 속삭여준 말이 된다. 더욱이 그 말은 아무에게나 적용되는 말이 아니라 오직 나 하나를 위한 속삭임인 것이다. 그 누구의 말도 전혀 신경 쓸 필요 없는 독재자도 사랑하는 상대의 한마디에 천국과 지옥을 오간다.

진정한 상수가 되려면 정석을 잊으라는 연희의 말을 이해한 것은 여러 번의 실패를 겪고 나서였다. 정석을 익히지 말라는 게 아니라 잊어야 한다는 거였다. 정석이나 매뉴얼은 낯선 상황에서 자신을 지키기 위한 조촐한 방패에 불과했다. 자신을 지키기 위해 방패를 사용하는 것이지 그 방패를 지키기 위해 자신을 다치게 해서는 안 되었다. 짐이 된다면 가볍게 버릴 수도 있어야 했다.

사춘기 시절에도 그랬지만 연희는 주어진 공식에 따라서 돌을 놓는 게 아니라 스스로 공식을 만들어가며 사는 부류였다. 본인에게 맞지도 않는 다른 사람의 모범 답안을 끌어안고 자신의 인생을 허비하는 사람들과는 달랐다. 그녀의 얼굴에는 삶의 두려움이나 버거운 무게, 우울의 흔적이 전혀 보이지 않았다. 어느덧 연희는 춤을 추며 인생을 유희하고 있었다.

그에 반해 나는 스스로 직업을 선택했으면서도 유희에는 못 미쳤다. 기사 마감 직전까지 초읽기에 몰리는 생활을 여전히 벗어나지 못했다. 때로는 활자로 불필요하고 쓸모없는 시간의 공백을 메우는 것이 아닌가 하는 의심에 사로잡히기도 한다. 하루가 지나면 사라질 세상의 먼지를 만들어낸다는 열패감에 젖을 때도 있다.

글감을 찾아 아웃라인을 짜고 집필과 퇴고를 하는 일은 바둑의 포석, 중반전, 끝내기와 흡사해서 나는 오래전 손에서 돌을 놓았지만 여전히 바둑판 앞에 앉은 기분이다. 더욱이 일간신문의 문화면은 실질적이거나 경제적이지 않다는 면에서도 바둑과 유사했다. 게임이 끝나면 돌을 걷어 판을 비우듯 매번 새로운 백지가 마련되었다.

나는 커서 뭐가 될까…… 사춘기 시절 숱하게 던진 질문의 답안을 나는 성인이 된 지금도 마련하지 못했다. 우리가 누군가에 의해 이 세상에 던져진 돌이라면, 던져진 돌이 자신의 궤적을 스스로 선택하거나 결정할 수 있을지 새삼 미지수로까지 여겨진다. 한 판의 바둑도 결국 수를 저곳에 두지 않고 이곳에 둔 우연이 누적된 결과가 아닐까. 누군가는 그것을 운명이라 부르기도 한다.

출연자 접견실 앞에서 나는 문고리를 잡고 잠깐 숨을 골랐다. 한 시절 연희와 나는 비슷한 항로를 가지고 함께 하늘로 솟구쳐 오르던 돌이었다. 이 세계에서 저 세계로 각자 미지의 곳을 향해 날아가던 두 돌이 15년의 세월이 지나 여기에서 조우하는 셈이다. 이윽고 문을 열자 몇몇 관계자들과 이야기를 나누는 연희가 눈에 들어왔다.

가까이 걸어가 인사를 하자 그녀는 자리에서 일어났다. 방금 무대에서 혼신의 춤을 추던 여인이 내 앞에 서 있었다. 땀에 젖은 이마와 목덜미, 미처 가라앉지 않은 열기와 호흡 탓에 그녀의 가슴은 크게 오르락내리락거렸다.

내가 명함을 내밀자 관계자가 그것을 받아서 연희에게 건넸다. 연희는 명함을 보더니 환하게 웃었다. 웃는 눈은 곧 반달 모양이 되었다. 그리고 윗니로 붉고 도톰한 아랫입술을 살짝 깨물었다. 우리는 눈이 마주쳤다. 나는 연희에게 오늘은 관전기가 아니라 관람기를 쓰러 왔다고 말을 꺼낼 참이었다. 연희는 잠시 머뭇하더니 천천히 걸어와 내 앞에 마주 섰다.

　중학교 때 바둑을 잘 두지 못해서 늘 괴로웠다. 그런 갑갑한 나날들이 26년 후에 이렇게 소설로 풀려나올 줄은 몰랐다. 아무래도 나는 바둑보다는 바둑 두는 사람들을 더 좋아하고, 기원보다는 기원 근방을 더 선호했던 것 같다. 살면서 잘 못한 것들이 의외로 살아가는 데 힘을 준다.

　나름대로 십대를 정리했다는 점에서 의미가 크다. 그 시절엔 사소한 것들도 한없이 찬란하거나 암울하게 다가오고, 가슴 한쪽에서는 뜨거운 불길과 차가운 물길이 뒤섞였다. 십대를 거치지 않은 어른은 없으므로 모든 어른은 화흔(火痕)과 수흔(水痕)으로 도배된 기억의 방을 한 칸씩 가지고 있다. 성장소설이 세계문학의 엄연한 한 축을 담당하는 이유도 그런 공감성에서 비롯됐을 것이다.

　무엇보다 이 글을 쓰는 동안 행복했고 스스로를 많이 이해했다.

첫 장편 『눈의 경전』을 쓰며 소진한 에너지를 『십번기』를 쓰며 고양시켰다. 나는 천성적인 우둔함을 맘껏 발휘하면서 집필로 얻은 독(毒)을 집필로 해독(解毒)했다. 나고 자란 도시, 수원(水原)이 내게는 어떤 곳일까, 고민이었는데 탈고하고 나서야 첫사랑과 게임을 알려준 장소라는 사실을 알았다.

벗 수웅이 아니었으면 덤벼들 용기를 내지 못했을 것이다. 십 년 전에 발표한 짧은 산문을 보고 좋은 장편 소재라고 일러준 그의 탄력적인 한마디가 나를 여기까지 이끌었다. 벗 만(萬)이 없었다면 효율적인 진행이 어려웠을 것이다. 그는 바쁜 일정 중에도 차로 나를 태우고 다니며 최대의 집중력을 발휘하도록 배려했다.

새삼 유년기부터 장기·바둑·오목·화투·윷놀이 등을 함께해준 아버지, 그리고 개·고양이·닭·토끼·금붕어·거북이 등을 키우게 해준 어머니께 감사드린다. 억지로 이기지 않고 즐겁게 지는 법과 말 없는 것들과 말하는 법을 두 분을 통해 그나마 배우게 되었다. 원고를 미리 읽어주신 이홍렬 바둑전문기자와 문단의 바둑 최강자인 성석제 소설가 앞에 고개를 숙인다. 평범한 작가를 비범하게 만드는 박지현 편집장에게도 고마움을 전한다.

2015년 4월 수리산 아래에서

해이수

# 바둑 용어 해설

* 바둑판 위치 용어

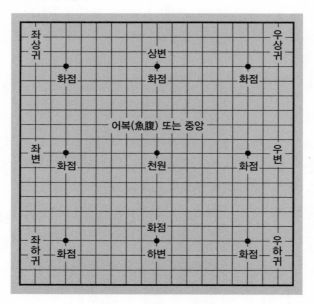

http://www.badukworld.co.kr/biz/lesson2/part1/abc14.html

| | |
|---|---|
| **계가(計家)** | 대국을 마친 후 승패를 판가름하기 위해 집 수를 세는 일. |
| **곤마(困馬)** | 살기 어렵거나 쫓기는, 곤란한 상황의 말. '미생마'라고도 함. |
| **공배(空排)** | 집이 안 되는 빈 공간 혹은 수상전에서 메워가야 하는 점. |
| **과수(過手)** | 지나치게 욕심을 낸 수. |

172

| 국면(局面) | 게임의 형세를 이르는 말. 어떤 일이 벌어진 장면이나 형편. |
|---|---|
| 궁도(宮圖) | 돌이 에워싸고 있는 공간의 모양새. |
| 귀수(鬼手) | 상상하기 어려운 매우 신묘(神妙)한 수. |
| 기계(棋界) | 바둑을 두는 사람들의 사회. 바둑계. |
| 기력(棋力) | 바둑 실력. 예) 2급의 기력. |
| 기력(棋歷) | 바둑을 둔 세월이나 경력. 예) 기력 20년. |
| 기보(棋譜) | 바둑을 둔 순서와 그 내용을 기록한 것. |
| 기풍(棋風) | 바둑을 두는 데 있어서 그 사람 특유의 방식 또는 개성. 예) 공격적 기풍. |
| 꼼수 | 쩨쩨한 수단이나 방법의 수. 속임수. |
| 끝내기 | 돌들 간의 직접 전투가 끝난 뒤, 모양을 가다듬어 완전히 집으로 만드는 과정. |
| 날일(日) 자 | 바둑 행마의 한 가지로 한 칸 뜀의 옆자리에 비스듬히 뛰는 행마. 좋은 모양의 움직임이며 집짓기나 대마 공격에 두루 쓰임. |
| 다면기 (多面棋) | 한 사람이 여러 사람을 대상으로 동시에 대국하는 일. |
| 단명국 (短命局) | 수수(手數)가 200수를 넘지 못하고 짧게 끝나는 바둑. |
| 대마불사 (大馬不死) | 대마는 돌덩어리가 큰 만큼 여러 방면으로 활로를 모색할 수 있어 쉽게 잡히지 않는다는 말. 대마는 사활에 걸리더라도 포위하고 있는 주변 돌의 약점이나, 안의 궁도를 넓혀서 사는 경우가 많음. |

| | |
|---|---|
| 덤 | 바둑은 먼저 두는 사람이 유리하므로 집을 계산할 때 백(白)을 잡은 사람의 불리함을 보상해주기 위해 더해주는 규칙. 현대 바둑에서는 무승부를 막기 위해 덤에 반집의 개념을 도입하고 있음. |
| 마늘모 | 한 돌에서 대각선으로 착수하는 행마. 입구(口) 자 행마라고도 한다. |
| 매화육궁 (梅花六宮) | 궁도가 넓음에도 모양이 매화꽃잎처럼 동그랗게 뭉쳐 치중 한방으로 죽는 6궁. 비능률적인 모양의 전형. |
| 묘수풀이 | 바둑이나 장기에서 생각해내기 힘든 좋은 수를 알기 쉽게 설명하는 일. 어려운 문제에 대한 해결책을 구하는 일. |
| 미생마 (未生馬) | 집이 아직 살아 있지 않은 상태 혹은 그 바둑돌. '미생'은 줄임말. |
| 반상(盤上) | 장기판이나 바둑판의 위. 게임이 진행되는 곳. |
| 방내기 | 바둑에서 10집을 묶음으로 세는 '방'을 단위로 내기를 걸고 두는 바둑. |
| 밭전(田) 자 | 두 개의 돌이 대각선으로 한 칸 떨어진 형태. 밭전 자의 가운데는 먼저 두는 사람이 손해라고 할 정도로 응수의 변화가 많음. |
| 복기(復棋) | 두고 난 바둑의 판국을 비평하기 위하여 두었던 대로 다시 처음부터 놓아봄. |
| 불계승 (不計勝) | 바둑 두는 도중에 압도적인 형세로 상대가 돌을 던짐으로써 승리를 거둠. |
| 비마(飛馬) 뛰기 | 끝내기에서 상대편 집으로 세 칸(눈목 자) 건너뛰어 들어가 집 수를 줄이는 수. |

| | |
|---|---|
| 빅 | '비기다'에서 나온 말. 무승부. 흑백의 돌이 맞끊고 얽혀 수상전의 형태가 되었으나 어느 편도 죽지 않고 공생한 형태. |
| 빈삼각 | 바둑알 세 점이 'ㄱ'자 형태로 꼬부라진 모양은 빈삼각 empty triangle이라고 하여, 악수 중의 악수로 꼽힘. 반면에 상대방의 돌 한 점을 'ㄱ'자 형태로 감싸 안은 모양은 꼬부림filled triangle이라 하여 좋은 모양으로 분류됨. |
| 빵때림 | 중앙 쪽 한 점을 따낸 모양. 완전히 포위된 상대의 돌을 들어내는 것을 '따냄'이라 하고, 최소의 수수(手數)로 중앙 쪽 한 점을 따낸 모양을 빵때림이라 함. 중앙이 매우 두터워지므로 '빵때림 30집'이란 격언이 생김. 중앙 쪽 두 점을 따낸 모양은 거북등〔龜甲〕이라 하는데 60집의 가치로 평가함. |
| 사석(死石) | 죽은 돌이나 따먹힌 돌. 바둑이 끝난 다음 상대의 집을 메우는 포로로 사용됨. |
| 사활(死活) | 돌이 죽고 사는 과정과 그 결과. 죽느냐 사느냐의 중대한 문제. |
| 삭감(削減) | 상대의 모양이 더 이상 부풀지 못하게 하는 수단. 어깨짚기, 모자, 날일 자 등의 삭감 수단이 흔히 사용됨. 삭감을 위해 뛰어들 수 있는 깊이는 일반적으로 상대의 모양 또는 세력권의 가상 경계선을 그 한계로 봄. |
| 삼삼(三三) | 바둑판 네 모서리의 3선과 3선이 만나는 점. 네 개의 삼삼이 있음. |

| 소목(小目) | 바둑판 네 모서리의 3선과 4선이 만나는 점. |
|---|---|
| 수담(手談) | 바둑을 일컫는 말. 서로 말이 없어도 손으로 대화를 나누며 통한다는 뜻. |
| 수상전 (手相戰) | 상대에게 둘러싸여 달아날 곳도 없고, 그 안에서 온전한 삶을 구할 수도 없는 두 미생마 사이에 벌어지는 사활과 관련된 싸움. 빅이 되거나 어느 한쪽이 잡힘. |
| 수순(手順) | 바둑 두는 순서. |
| 수읽기 | 모든 경우의 수를 생각해서 상대의 수를 예측하고 그것을 파악하는 과정. |
| 옥집 | 진짜 집이 아닌 곳. 집처럼 보이지만 언젠가는 이어야 하기 때문에 결국은 집이 안 되는 자리. |
| 완생(完生) | 완전히 살아서 외부를 향한 활로가 막혀도 죽지 않는 상태의 돌. |
| 우주류 (宇宙流) | 귀나 변의 실리보다 중앙을 지향하는 포석이나 기풍을 일컬음. |
| 자충수 (自充手) | 수상전 등에서 스스로 자기 수를 메워 자살행위를 자초하는 행위. |
| 장고(長考) | 오래 깊이 생각함. '장고 끝에 악수(惡手)'라는 말은 오래 생각해서 둔 수가 오히려 좋지 않을 때를 가리킴. |
| 정석(定石) | 양측이 공평한 결과를 얻게 되는 귀corner에서의 공격과 수비 수순. 일본어로 'じょうせき(joseki),' 영어로는 'standard move.' 한쪽이 큰 손해를 본다든가 한쪽이 일방적인 이득을 취하는 불공평한 갈림은 연구가 미진한 것으로 보고 정석으로 인정하지 않음. |

| | |
|---|---|
| 정선(定先) | 실력이 다소 떨어지는 쪽이 흑으로 먼저 시작하는 방식. |
| 천원(天元) | 바둑판의 맨 한가운데 화점. 바둑판을 우주로 상정하고 그 우주의 으뜸이 되는 자리로 붙여진 이름. |
| 치수(置數) | 기력(棋力)의 정도에 따라 누가 먼저 둘 것인가를 정하는 기준. 호선(互先), 선상선(先相先), 정선(定先), 접바둑 등 승률에 따라 치수가 고쳐짐. |
| 치중(置中) | 상대가 독립된 두 눈을 못 내도록 급소에 두어 돌의 삶을 방해하는 수. |
| 패(霸) | 흑백이 서로 한 점씩 따내는 형태가 맞물린 모습. 한쪽이 한 번 따내면 다른 쪽은 곧바로 되따낼 수 없고, 다른 곳에 한 번 둔 다음 되따낼 수 있음. |
| 포석(布石) | 바둑의 중반전 싸움이나 집 차지에 유리하도록 초반에 돌을 벌여놓는 일. 앞날을 위하여 미리 손을 써 준비함. |
| 행마(行馬) | 바둑에서 돌을 움직이고 행동을 전개하는 과정. |
| 협공(挾攻) | 상대의 돌을 양쪽으로 끼고 공격함. |
| 호구(虎口) | 호랑이가 입을 벌리고 있는 모습과 같다 하여 '호구'라는 이름이 붙음. 완전한 연결 형태이므로 상대가 미리 그 자리에 두면 급소. |
| 호선(互先) | 실력이 동등할 경우 돌을 가려서 흑백을 정한 다음 번갈아 두는 방식. |
| 후절수 (後切手) | 상대가 먼저 이쪽 돌을 잡게 하고, 상대가 따낸 그 자리를 끊어 상대편 돌을 잡는 기술. 깊은 수읽기가 요구되는 고난도의 모양. |

| | |
|---|---|
| **흑번 포석** | 흑이 바둑판을 먼저 선점하여 진행하는 포석. |
| **흑선백사**<br>(黑先白死) | 사활 문제에서 흑이 먼저 두어서 백을 죽이는 조건. |

## 기도오득(棋道五得)

| 1 | 得好友(득호우) | 바둑은 좋은 벗을 얻는다. |
|---|---|---|
| 2 | 得人和(득인화) | 바둑은 사람과의 화목함을 얻는다. |
| 3 | 得教訓(득교훈) | 바둑은 일생의 교훈을 얻는다. |
| 4 | 得心悟(득심오) | 바둑은 마음의 깨달음을 얻는다. |
| 5 | 得天壽(득천수) | 바둑은 천수를 누리게 한다. |

# 위기십결(圍棋十訣)

| | | |
|---|---|---|
| 1 | 탐불득승(貪不得勝) | 욕심이 지나치면 승리를 얻지 못한다. |
| 2 | 입계의완(入界宜緩) | 서둘러 적진 깊숙이 들어가지 마라. |
| 3 | 공피고아(功彼顧我) | 상대를 공격할 때는 먼저 자기를 살펴라. |
| 4 | 기자쟁선(棄子爭先) | 돌을 버리더라도 선수를 다투어라. |
| 5 | 사소취대(捨小就大) | 작은 것을 버리고 큰 것을 차지하라. |
| 6 | 봉위수기(逢危須棄) | 위기를 만난 돌은 모름지기 버려라. |
| 7 | 신물경속(愼勿輕速) | 경솔하게 서둘지 말고 신중하게 대처하라. |
| 8 | 동수상응(動須相應) | 행마는 반드시 주변 정세에 호응케 하라. |
| 9 | 피강자보(彼强自保) | 상대가 강하면 스스로의 안전을 도모하라. |
| 10 | 세고취화(勢孤取和) | 세력이 고립되면 적당히 타협하라. |

**1   論局(논국)**

361로와 360개의 흑백 바둑돌로 이루어진 판 위의 형세를
말함.

**2   得算(득산)**

바둑을 두는 데 있어서는 먼저 계책이 정해져야 하는데 거
기서부터 승산이 많아야 한다는 것.

**3   權與(권여)**

권여의 '권'은 저울의 추, '여'는 수레의 밑판으로서 기초가
되는 것을 말함인데, 바둑을 두는 데 있어서도 먼저 네 귀를
놓아서 자리를 정하는 등 시초를 잘하는 것이 중요하다는
것을 말함.

**4   合戰(합전)**

싸움이 시작되면 어복(바둑의 중앙 부분)을 중시하고 선
(先)을 다투며 항상 좌우를 살피면서 생(生)과 사(死)의 기
틀을 잘 알아야 한다는 것.

**5   虛實(허실)**

국면의 형세는 항상 허(虛)와 실(實)이 있게 되는데 언제나
이편이 실하고 저편이 허하게 되도록 하며 공격에 있어서도
그 허실의 형세를 잘 이용하여야 한다는 것.

**6    自知(자지)**

항상 상대방과 자신의 형세가 드러나기 전에 미리 알아서,
싸우는 것이 이로운지 해로운지를 판단하여 공격과 수비에
임하여야 한다는 것.

**7    審局(심국)**

항상 국면의 형세가 어느 쪽이 우세하고 약한지를 자세히
살펴서, 조급히 굴지 말고 적당한 방법을 취하는 것이 승리
의 길이라는 것.

**8    度情(도정)**

누구나 고요하면 그 속마음이 나타나지 않는 것처럼, 바둑
을 두는 데 있어서도 침묵하고 조용하여 이편의 마음을 저
편에 보이지 않으면서 여유 있고 주도면밀한 경기를 운영하
는 것이 승리의 비결이라는 가르침.

**9    斜正(사정)**

바둑을 궤도(詭道)라고도 하지만 그 본래의 방법은 정도이
다. 때문에 사(斜), 즉 변사(變詐)는, 경망한 운영은 실패를
가져오고 심사숙고로 정도를 걸어가는 자는 승리한다는 것.

**10    洞微(통미)**

바둑은 지키는 것보다 공격하는 것이 해로울 때도 있고 오
른쪽보다 왼쪽에 두어야 할 필요도 있는 등 그 기회와 형세
가 천차만별이니 여기서 남이 못 보는 은밀한 이치를 통찰
하여 적절한 방법을 취하는 것이 승리의 요건이라는 말.

---

**1  躁而求勝者 多敗(조이구승자 다패)**

조급하게 이기려고 하다가 오히려 지는 경우가 많다.

---

**2  不爭而者保者 多勝(부쟁이자보자 다승)**

다투려고만 하지 않고 스스로 지키고 조심하다 보면 이기는 경우가 많다.

---

**3  戰多勝而驕者 其勢退(전다승이교자 기세퇴)**

싸움에 이겼다 해서 교만을 부리는 자는 곧 그 세가 퇴색하고 약해진다.

---

**4  一攻一守 虛虛實實(일공일수 허허실실)**

병법(兵法)에 공격은 최대의 수비, 수비는 최대의 공격이란 가르침도 있듯 한쪽으로 너무 치우치지 말 것이며 또한 허술한 가운데 실익이 있고 실익이 있는 가운데 허술함이 있는 법이기도 한즉, 중용의 도를 지키는 것이 중요한 것이다.

---

**5  有先而後 有後而先(유선이후 유후이선)**

선수인 줄 알았던 것이 후수가 되기도 하며 때로는 후수로 보였던 수가 선수가 되기도 하는 것이니, 그때그때 선수와 후수의 의미를 잘 살펴야 한다.

---

**6  兩生勿斷 皆活勿連(양생물단 개활물연)**

상대의 돌이 양쪽 모두 살아 있는 경우에는 끊어봤자 득이 없으므로 굳이 끊으려 하지 말 것이며, 내 돌이 양쪽 모두 살아 있는 경우에는 연결하려고 애쓸 필요가 없다.

---

### 7　不以小利 而妨遠略(불이소리 이방원략)

작은 이익 때문에 원대한 계략에 차질을 빚어서는 안 된다.

### 8　勝固欣然 敗亦可喜(승고흔연 패역가희)

승부에서는 모름지기 이겨야 좋은 것. 따라서 이기는 것은 진실로 즐거운 일이지만 훌륭한 벗을 만나 수담을 나눌 경우라면 설령 진다 해도 그 또한 기쁜 일이 아니겠는가. 그런 마음의 여유가 있어야 군자가 아니겠는가!

### 9　知彼知己 萬古不易(지피지기 만고불역)

상대를 알고 나를 알면 백전백승, 상대도 모르고 나도 모르면 백전백패. 그러므로 지피지기는 만고불변의 법칙이며 인생을 살아가는 데 꼭 새겨둘 말이다.

### 10　勤修精進 無限不定(근수정진 무한부정)

부지런히 갈고닦는 데는 끝도 없고 한도 없고 정해진 바도 없으니 쉬지 말고 정진하라는 뜻.